KB088571

엉겅퀴
칸타타

푹스코너

이평재 장편소설

윤후명 그림

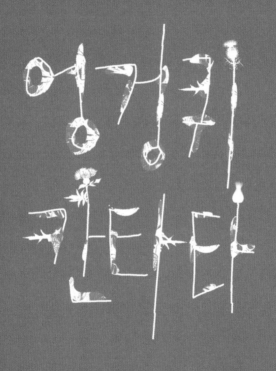

이 책은 소설가이자 화가인 윤후명의 그림을 보고, 미술을 전공한 소설가 이평재가 글로 지어낸 '아트픽티오(Art fictio)' 작품이다. 아트픽티오는 이평재 작가의 조어(造語)이며, 여기서 픽티오란 라틴어로 상상, 허구, 가상으로 지어낸 것 혹은 꾸며낸 이야기를 뜻한다. 따라서 글의 이해를 돕기 위한 일러스트와 달리, 미술과 소설이 결합되어 새롭게 탄생한 또 다른 형태의 문학작품이라 할 수 있다.

차례

I

늑대와 새

그것이 무엇이든, 생명은 생(生)하고 사(死)한다. 끊임없이 생성을 반복한다. +극과 −극처럼 자리가 바뀐다. 높이 치솟았다가 추락하기도 하며 밝았다가 어두워지기도 한다. 단단했다가 연해지고 커졌다가 작아진다. 따뜻해지기도 하고 차가워지기도 한다. 때론 빠르게, 때론 더디게 흐른다. 움직이다가도 조용해지며, 밀고, 끌고, 잡아당긴다. 앞뒤가 바뀌고, 들어왔다 나간다. 처음부터 주(主)가 객(客)이 되는 무한한 탈바꿈이다. 그러니 나도 이제는 자리를 비워주고 의연하게 세상을 떠나야 한다.

그러나 천Lee에겐 그것이 생각처럼 쉬운 일이 아니었다.

천Lee가 죽어가고 있다는 소식이 전해진 것은 세 달 전이었다. '영혼을 울리는 여인, 스러져가다'라는 기사가 떴을 때 사람들은 잠시 할 말을 잃었다. 아이러니가 아닐 수 없었다. 천Lee

는 이제 겨우 49세인 세계적으로 유명한 화가였다. 또한 자연 그대로를 느끼기 위해 여행을 떠나는 모임인 '바람을 향해서'를 꾸준히 펼치고 있는 자연주의자였다. 게다가 채식주의자이기도 해서 식물성적인 이미지를 가지고 있었다. 순수, 영혼, 영원, 시원, 진실, 맑음, 투명, 바람, 시, 꽃, 새 같은 낱말의 진정한 의미를 알고 있는 사람이라면 그녀의 이름을 떠올리는 것만으로도 가슴이 벅찰 만큼 존경받는 인물이었다. 그런데 그런 그녀가 목숨이 꺼져가고 있는 것이었다. 여성의 평균 사망 연령을 80세라고 쳐도 삼십 년이나 앞선 죽음은 필시 천Lee가 아니라도 너무나 억울한 일이었다. 천Lee 역시 처음엔 충격에 휩싸였다. 암이라는 진단이 나오자 피식피식 웃다가 그대로 무릎을 꺾고 주저앉았다.

그래도 천Lee는 천Lee였다. 곧바로 원래의 모습을 되찾았다. 아무 일도 없다는 듯이, 늘 그랬던 것처럼 하루하루를 보냈다. 적어도 그랬다. 오전엔 그림을 그렸고, 점심식사 뒤엔 잠시라도 따뜻한 햇살 아래 앉아 차를 마시며 책을 보거나 사색을 즐겼고, 땅거미가 거뭇거뭇 내리면 제자들이나 가족들과 함께 즐거운 시간을 보냈다. 또한 각지에서 몰려드는 기자들의 인터뷰도 피하지 않았다. '바람을 향해서'도 그대로 진행했고, 관련 잡지의 청탁 원고도 마감을 넘기지 않고 집필했다. 그런 그녀의 한결같은 모습을 보며 사람들은 생각했다. 오진일 거야. 그럼, 천Lee가 암으로 죽는다는 게 말이 안 되는 소리지.

그러나 그녀의 건강을 염려한 한 지인으로부터 안부 전화를 받은 뒤, 천Lee는 갑자기 병원으로 실려갔다. 그날은 아침부터 바람이 심하게 불었다. 거리의 입간판이 드르륵거리며 제자리에서 밀려나갔고, 여자들의 치맛자락이 펄럭거리며 뒤집혔다. 어디선가 마당으로 들어온 고양이 한 마리가 크아악, 크아악 하악질을 해댔고, 또한 어디선가 날아온 박쥐 한 마리가 현관 유리문에 탁, 부딪혀 바닥으로 툭, 떨어졌다. 물론 천Lee의 몸과 마음도 평소와 달랐다. 다리가 후들거려 오래 서 있을 수도 없었고, 손에 힘이 없어 잡고 있던 붓을 자꾸만 아래로 떨어뜨렸다. 머릿속도 하얀빛에 잠긴 것처럼 멍하며 두통이 일었다. 그래도 천Lee는 설마, 하고 생각했다. 열이 나고 많이 어지러웠지만 억지로 몸을 움직였다. 거울 앞에 서서 더욱 노랗게 변해버린 얼굴을 바라볼 때는 일부러 노래까지 흥얼거렸다.

그러나 잠시 뒤 천Lee는 어쩌면? 하고 고개를 갸웃했다. 곧바로 주치의의 말을 떠올렸다. 초기에도 불구하고 증상이 빨리 나타나는 경우가 있는 반면에, 천Lee 선생처럼 말기인데도 증상이 거의 없는 경우가 있습니다. 그러니 온몸이 노랗게 변하고 열이 오르면 마지막 경고로 알고 즉시 입원을 하셔야 합니다. '즉시'라는 말을 강조하기 위해 주치의는 눈썹을 당겨올리며 눈을 동그랗게 치켜떴었다. 주치의의 이마에 잡힌 두 개의 주름까지 떠올린 천Lee는 혼잣말을 중얼거렸다. 아무래도 더 이상 버티는 것은 무리야. 그러곤 비서 한나와 주치의에게 차례로 전화를 한 뒤 침대 위로 올라갔다.

천장을 바라보고 똑바로 누운 천Lee는 의식이 점차 흐릿하게 꺼져가고 있다는 걸 느꼈다. 몇 차례 눈을 꾹 감았다 떴다. 그렇게 이성을 잃지 않고 독하게 정신을 가다듬었다. 그녀 안에 있는 어떤 투철함이 작용한 탓이었다. 그녀 정도의 사람이라면 그렇게 해야 한다는, 어떤 경우에도 품격을 잃으면 안 된다는, 그것은 자존심 상하는 일이라는. 아니, 그녀는 이미 투철하게 행동하지 않으면 마음이 더 불편한 사람이 되어 있었다. 그래서 매사 흐트러짐이 없었다. 어쨌든 그녀는 그 와중에도 흐트러지

지 않고 침착하게 생태계 소식지 《지구촌 이야기》를 펼쳐들었
다. 그런 자신의 모습이 무대 위의 연극배우 같았지만, 책자의
글자가 여러 겹으로 보였지만, 자신이 쓴 '늑대 효과'의 소제목
을 거듭 소리 내어 읽었다.

　　당신은 늑대와 새를 얼마나 연관시켜 생각하죠?
　　당신은 늑대와 새를 얼마나 연관시켜 생각하죠?
　　당신은 늑대와 새를 얼마나 연관시켜 생각하죠?

　　천Lee는 정신이 흐려 더 이상 작은 글자는 읽을 수 없었다.
그렇다고 의식이 나갈 때까지 불안에 떨고만 있을 수도 없었다.
다시 눈을 부릅뜨고 애써 책 속의 다음 내용을 떠올렸다. 그것
을 소리 내어 중얼거려보았다. 쉽지 않았다. 그래도 몇 번씩 다
시 고쳐가며 중얼거렸다. 늑대는 새가 서식하는 환경을 조성하
는 데 간접적으로 많은 도움을 준다. 어느 공원에서 늑대를 잡
아먹는, 아니 **'늑대를 잡아먹는'** 이 아니라 **'사슴을 잡아먹는'** 이었어.
다시, 사슴을 잡아먹는 늑대를 다 없앴더니 버드나무와 사시나
무가 눈에 띄게 사라졌다고 한다. 새들도 어디론가 날아갔다고
한다. 그러니까 **늑대에게,** 아니 사슴에게 위협을 가해 많은 풀을

먹지 못하게 하던 늑대가 숲에서 사라져버리자 먹이사슬이 무너졌던 것이다.

   천Lee는 집중력이 떨어져 더 이상 자신이 쓴 문장을 기억하기가 힘들었다. 아무래도 한나가 빨리 왔으면 좋을 것 같았다. 이젠 숨을 쉬는 것조차 편치 않았다. 목구멍에서 컥컥거리는 소리가 절로 올라와 덜컥 겁이 났고, 손발도 저려 남의 살덩이를 달고 있는 것 같았다. 천Lee는 그럴수록 두려움을 떨쳐버리기 위한 무언가가 필요하다는 생각을 했다. 애써 깜박거리는 의식을 붙잡으며 한 가지 사실을 더 떠올렸다. 자신이 '늑대 효과'를 쓰는 동안 '상생'이라는 낱말을 수없이 중얼거렸다는 것을. 다행이었다. 그렇게 '상생'이라는 말이 부표처럼 떠오르자 천Lee는 한결 마음이 편안했다. 이대로 의식을 잃고 죽는 게 어쩌면 더 나을 수도 있겠다는 생각까지 들었다. 결국 안간힘을 쓰며 뜨고 있던 눈을 그냥 감아버렸다. 그때, 한나가 방문을 열고 들어오는 소리가 들렸다. 천Lee는 눈도 뜨지 못한 채 한나! 하고 신음을 흘리며 의식을 잃었다.

거짓말

시끄러웠다. 금속기구들이 부딪치는 소리도, 사람들의 웅얼거리는 소리도 평소와 달리 너무나 신경에 거슬렸다. 천Lee는 이마를 찌푸리고 정신이 어느 정도 맑아지기를 기다렸다. 그 사이, 아들의 원망 어린 말소리가 들려왔다. 이게 뭐예요? 엄마가 치료를 거부했을 때, 제 편이 되어 좀 더 적극적으로 말렸어야 했어요. 한나의 속삭임이 이어졌다. 선생님께서 결정하신 일이니 존중할 수밖에 없었어. 그리고 이제 와서 그런 말을 하는 건 아무런 도움이 되지 않으니 그만해. 이렇게 빨리 악화가 될 줄 알았으면 나도 말렸을 거야. 곧이어 딸아이의 훌쩍거리는 소리도 들려왔다. 천Lee는 속으로 중얼거렸다. 내 딸 해미가 학교를 가지 않았구나. 천Lee는 눈을 뜨고 딸아이의 손을 꼭 잡았다. 딸아이와 아들과 한나의 입에서 엄마! 어머니! 선생님! 하는 외침이 한꺼번에 터져나왔다. 천Lee는 흐릿한 시야로 아들을 바라보며 두어 번 천천히 고개를 저었다. 그러면서 겨우 나오는 갈라지는 목소리로 말했다. 그러지 마. 나는 최선의 선택을 했고, 이젠 아무것도 두렵지 않아. 그러니 내 걱정은 할 거 없어. 슬퍼하지도 말라고.

거짓말이었다. 정말 새빨간 거짓말이었다.

열 시가 되어 모두가 중환자실을 나가자 천Lee는 입술을 꾹 다물고 눈물을 흘리기 시작했다. 어느새 훌쩍거리며 어린아이 처럼 울기까지 했다. 한참을 그런 뒤에야 허공을 노려보았다. 깨어나지 말았어야 했다는 생각이 들면서 화가 치밀었다. 그러나 아무에게도 그런 속마음을 드러낼 수 없었다. 그동안 쌓은 명성이 이렇듯 짐이 될 줄이야! 천Lee는 그 모든 것이 부질없어 보였다. 하늘을 향해, 왜 하필이면 나야? 하고 묻고 싶을 뿐이었다. 게다가 이런 감정 상태를 보면, 그동안 어떤 일이 닥쳐도 의연했던 자신의 삶이 모두 거짓일 수도 있다는 의심까지 들었다. 더욱 마음이 상하고 우울했다. 의식을 잃기 전 '상생'이라는 낱말을 떠올렸던 자신에게 조소까지 나왔다. 급기야 자신이 그렸던 모든 작품도 엉터리였다는 생각까지 들었다. 그렇다면 당장 이제부터가 문제였다. 날이 새고 병실로 옮겨지면 많은 사람들이 문병을 오고 기자들까지 찾아올 텐데, 그들을 어떻게 대해야 할지 난감했다.

천Lee는 약 기운에 비몽사몽하면서도 여전히 화가 나 있는 스스로를 느꼈다. 간간이 내가 무슨 잘못을 했기에 이런 일이 생긴 거냐고 중얼거렸다. 간호사가 산소호흡기를 점검하느라 기웃거릴 때는 눈을 부릅뜨고 귀찮아, 저리 가! 하고 신경질적으로 소리쳤다. 그러나 그 발음이 분명치 않았다. 간호사는 천Lee의 입 가까이 귀를 가져다댄 뒤, 네? 어디 불편한 데 있으세요? 하고 귀머거리 노인을 대하듯 아주 큰 소리로 되물었다. 천Lee는 바보 취급을 당하는 것 같았다. 자존심이 상했다. 입을 벌려 간호사의 귀를 확 물어뜯고 싶었다. 그러나 천Lee는 문득, 이런 유치한 감정에 빠져 있는 자신에게 화들짝 놀라며 두 눈을 꼭 감았다. 몇 차례 심호흡을 한 뒤, 마음을 가라앉히며 혼잣말을 했다. 아무래도 이상해, 이성을 잃는 것도 이 병의 한 증상이 아닐까? 그러지 않고서야 내가 이럴 수는 없어.

백의 숲

마음을 다잡아야 할 것 같았다. 천Lee는 중환자실 문밖에서 밤새 눈물을 흘리고 있을 한나와 아들과 딸아이를 떠올렸다. 그리고 무엇 때문인지 어느 날 홀연히 사라져버린 '백'을 떠올렸다. 연이어 그를 생각하며 그렸던 초창기의 작품 하나도 떠올렸다. 그러곤 입술을 달싹이며 속삭이듯 혼잣말을 하기 시작했다. 아마도 제목이 '숲'이었지. 그래, 맞아. 숲 앞에 백의 이름을 붙이려다가 너무 속내가 드러나는 것 같아 그만두었지. 그래서 제목이 조금 심심하기는 했어. 그렇다고 다른 제목을 붙이기는 싫었고. 아, 지금이라면 더 근사한 제목을 붙였을 텐데. '탈피의 숲'이라든가 말이야. 어쨌든 나는 이 그림을 그리면서 내내 부끄러웠지. 백이 그 좋은 실력을 가지고도 미술대전에 출품하지 않는다고 내가 얼마나 귀찮게 했는지 몰라. 그런 게 다 뭐라고. 그러고 보면 백에 비해서 나는 참 싸구려야. 백은 이렇게 말했지. 나는 그냥 조금만 먹고, 조금만 싸고, 조용히 그림만 그리다가 죽을 거야. 멋있지 않아? 허허허. 그런 친구에게 나처럼 살라고 했으니, 얼마나 가소로웠을까. 어쩌면 백이 내 앞에서 사라진 게 그 때문인지도 몰라. 나의 속물근성을 더 이상 볼 수가 없었던 거야. 그런데 백은 지금 어디에서 무엇을 하고 있을까. 그림은 계속 그리고 있는지. 만약 그렇다면 백의 그림이 보고 싶어. 아, 나와는 많이 다르겠지.

백은 이 년 동안 천Lee의 주변을 맴돌았었다. 말하자면 '흠모' 같은 것이었다. 천Lee도 그것을 알고 있었으나 끝내 모르는 척했었다. 천Lee는 이미 운명 같은 사랑에 휩쓸려 있었고, 백 또한 그것을 잘 알고 있기에 더 이상 천Lee에게 다가서지 않았다. 그저 묵묵히 지켜보고 있다가 한 번씩 천Lee와 눈이 마주치면 빙그레 웃어주는 것이 전부였다. 천Lee는 그런 백에게 바보 같아! 하고 놀렸지만, 속으론 기분이 나쁘지 않았다. 그만큼 백은 그곳이 허공이라고 해도 묵묵히 걸어가는 사람이었다. 천Lee가 보기에 늘 자신의 그림에 대한 고민에 빠져 있는, 늘 사심 없이 작업을 하는 진짜 예술가였다.

때문에 낙엽이 비처럼 내리던 늦은 가을날 새벽, 밤새 천Lee와 술을 마신 백이 상상도 할 수 없는 일을 저질렀을 때도 천Lee는 가만히 있었다. 백이 느닷없이 다가와 천Lee에게 키스를 했던 것이다. 백은 너무나 가학적으로, 물어뜯어버릴 기세로 거칠게 천Lee의 입술을 빨았다. 그러면서 천Lee를 향해 '너를 어떡하면 좋으니?' 하고 절규를 하듯 중얼거렸다. 천Lee는 백의 난폭한 키스가 아팠지만 피하지 않았다. 오히려 울먹이느라 들썩거리는 그의 등을 천천히 쓸어내리며 미안해, 미안해 하고 거듭 속삭였다. 그러곤 황망한 표정으로 뒷걸음질 치며 점점 멀어져가는 백을 향해 활짝 웃어 보였다. 왠지 그 순간이 백과 마지막일 것 같았다. 또 실제로 백은 그렇게 천Lee의 곁에서 사라져버렸다.

천Lee는 자신의 그림 '숲'을 백이 본다면 어떤 반응일지 궁금했다. 그것이 백을 생각하며 그린 그림이라는 것을 알면 허허허, 하고 웃을 것 같았다. 설마, 허허허. 내가 이랬나, 허허허. 이건 아닌데, 허허허. 어쩌면 그럴 수도, 허허허. 그런데 여기 빨강, 파랑, 초록의 작고 투명한 도형은 뭐지? 천Lee는 그 지점에서 백의 허허허 웃는 모습을 머릿속에서 떨쳐버렸다. 그리고 진지하게 생각했다. 만약 백이 정말로 빨강, 파랑, 초록의 작고 투명한 도형들에 대해 묻는다면 부끄러움에 밤새 잠을 이루지 못할 것이라고. 이제 천Lee는 스스로를 결코 순수하다고 말할 수 없었다.

'숲'을 그릴 때 천Lee는 동양철학에 깊이 빠져 있었다. 그래서 모든 형상이 욕심에서 비롯된 환영이라는 것을 원색의 투명한 도형으로 나타내고자 했었다. 다시 말해 욕심을 부리지 않는 백의 마음의 기저를 동양철학으로 헤아려본 것이었다. 또한 그

윤후명, 백남준의 숲, 캔버스에 아크릴릭 45.5×38cm 2010

때문에 숲은 나무로, 나무는 우주의 섭리로 연결시켜 아르브뤼
(Art Brut) 기법으로 백의 순수함을 표현했던 것이다. 아르브뤼란
아이들이 그리는 그림처럼 세련되지 않고 다듬어지지 않은 거
친 형태의 미술을 뜻했다. 아무튼 생각해보면 그림 '숲'은 천
Lee 역시 순수했기에 가능한 작업이었다.

　순수했던 시절의 자신의 모습을 떠올린 천Lee는 빙그레 미
소를 지었다. 그때 또다시 고함을 지르는 간호사의 말소리가 들
려왔다. 뭘 그렇게 혼자 중얼거리시나? 이제 좀 기분이 나아지
셨나? 간호사가 이젠 아예 어린아이 취급이었다. 천Lee는 어
처구니없었지만, 무엇보다 귀찮았다. 속으로 망할 년! 하고 외
쳤으면서, 겉으론 간호사에게 얼른 고개를 끄덕여주었다. 간호
사는 이제 편안하게 한숨 주무시고 일어나면 기분이 더 좋아지
실 거예요, 하고 말하곤 이내 시야에서 사라졌다. 다행이었다.

　그런데 무엇 때문인지 점점 멀어지는 간호사의 발소리에 맞
춰 천Lee의 심장이 쿵쿵쿵 뛰었다. 간호사의 발소리가 거의 들
리지 않자, 이제는 어딘가 아득한 곳으로 빨려든 듯 정신이 멍
했다. 느닷없이 고개가 뒤로 푹, 떨궈졌다. 천Lee는 깜짝 놀라

양팔을 허공으로 휘저었다. 그러면서 반짝 정신을 차렸다. 그 순간, 천Lee는 뭔가 어렴풋이 깨달았다. 왜 자신이 이 절명(絶命)의 시간에 백과 그림 '숲'을 떠올렸는지. 절명의 시간에는 '순수'가 구원이었다.

사라진 친구 백.
모든 형상이 환영이라는 이야기를 들려주는 그림 '숲'.
그리고 죽음.

각자 흩어져 있던 것이 하나로 모이는 느낌이었다. 천Lee는 온몸이 근질거렸다. 당장이라도 벌떡 일어나 그림 '숲'을 눈앞에 세워놓고 찬찬히 들여다보고 싶었다. 곁눈질로 주변을 살핀 뒤 또다시 혼잣말을 중얼거렸다. 그런데 이 그림이 어디에 있더라? 팔지 않은 건 분명한데. 아틀리에? 아니야, 거기서는 못 봤어. 강화에? 아니, 아니야. 거긴 소품은 가져다놓지 않았어. 참, 언젠가 집에 물이 찼을 때 신사동 그림창고로 옮긴 거 같아. 맞아, 그래. 아닌가? 아, 몰라, 몰라. 어쨌든 날이 밝으면 한나에게 찾아오라고 하면 되겠지. 한나는 나에 대해 모르는 게 없잖아.

그러나 그렇게 마음을 먹어도 왠지 천Lee는 조바심이 났다. 한나가 그림을 찾아올 때까지 기다릴 수 없을 것 같았다. 눈을 뜨고 입을 크게 벌려 심호흡을 했다. 그러자 약간의 현기가 일었다. 곧이어 또다시 아뜩한 기운이 느껴졌다. 그러곤 또다시 뜻밖으로 눈이 빤짝 떠졌다. 천Lee는 생각했다. 이렇게 정신이 들락날락하면서 의식을 잃는 건가. 분명 비현실적인 느낌이 들긴 했다. 하지만 믿을 수 없게도 어느 순간 천Lee는 갑자기 힘이 솟구쳤다. 내가 왜 이러지, 하면서도 가만히 누워 있을 수 없었다.

천Lee는 거추장스러운 산소호흡기를 손으로 잡아 빼고, 자리에서 몸을 일으켜 세워 앉았다. 이제는 별다른 수도 없었다. 천Lee는 그림 '숲'을 자신이 그렸던 것보다 더 큰 사이즈로 떠올려 맞은편 벽 앞에 세워놓았다. 그리고 주춤주춤 일어났다. 마음이 원하는 길을 따라 '숲'을 향해 걸어가기 시작했다. 산소호흡기를 점검하던 간호사가 놀라 달려오고 있었지만 상관없었다. 문밖에서 엄마, 어머니, 선생님, 하는 소리가 들려왔지만, 저 멀리 어디선가 천Lee! 천Lee! 하는 사람들의 외침이 들려왔지만, 그 또한 무시하고 그냥 '숲'을 향해 걸어갔다. 맨발이기 때문인지 바닥이 차가웠다.

나무 기둥과 기둥에, 머리 위로 드리워진 나뭇가지와 가지에 보랏빛 기운이 장막처럼 걸쳐 있었다. 천Lee는 손을 내저어 보랏빛 기운을 열고 숲 안쪽을 들여다보았다. 그러곤 발이 시려 펄쩍 튀어오르듯 숲 속으로 들어섰다. 나무둥치 위로 층층이 쌓인 보드랍고 따뜻한 이끼가 발바닥에 느껴졌다. 나무에 기생하며 끊임없이 죽고 태어나는 이끼가 이렇게 마음을 편안하게 해주다니, 천Lee는 '숲'으로 들어오길 잘했다는 생각이 들었다. 암이라는 진단을 받았을 때 바로 이곳으로 들어왔으면 더 좋았을 거라는 생각을 하며 한 걸음 내딛었다. 그때, 발바닥에 닿은 이끼의 온기가 물이 차오르듯 몸 위쪽으로 올라오는 것이 느껴졌다. 발목으로, 종아리로, 무릎으로, 허벅지로, 아랫배로, 가슴으로, 목으로, 얼굴로, 머리로, 정수리까지. 그러자 다시 이끼에 닿아 있는 발바닥 쪽에서 투두둑, 하고 뭔가 터지는 소리가 들려왔다. 천Lee는 고개를 숙여 소리가 나는 곳을 내려다보았다. 곧이어 깜짝 놀라 제자리 뛰기를 하듯 발을 들어올렸다. 이번엔 발에서부터 발목을 거쳐 종아리로 올라오며 차례로 피부가 뻣

뻣하게 굳더니 쩍쩍 갈라지기 시작했다. 두 다리가 아르브뤼 기법으로 그린 나무보다 더 거칠고 기이했다. 천Lee는 덜컥 겁이 났다. 참아보려 했지만 아랫배까지 피부가 터지고 삐거덕거리는 소리를 내며 굳어오자 숨이 막혔다. 두 눈을 질끈 감고 마구 발버둥을 치며 이것이 꿈이기를 바랐다.

누군가 휘젓는 팔다리를 잡아 누르고 있었다.

백인가? 천Lee는 퍼뜩 눈을 뜨고 상대를 바라보았다. 산소호흡기를 점검하던 간호사와 주치의가 보였다. 그 너머로 아들과 한나가 보였다. 그래도 천Lee는 잠시 여기가 어디지? 하는 생각에 빠져 있었다. 멍했다. 그런 천Lee를 내려다보며 주치의가 말했다. 악몽을 꾸셨나 봐요. 천Lee는 고개를 저었지만 자신이 산소호흡기를 낀 채 침대 위에 그대로 누워 있는 것을 보며 더 이상 그게 아니라는 표시를 하지 못했다. 대신 다리를 살짝 들어 움직여 스스로 아무런 이상이 없는 걸 확인했다. 조금 더 정신이 명료해지자 한나에게 가까이 다가오라는 손짓을 했다. 한나의 귀에 대고 산소호흡기가 거추장스러워, 하고 속삭였다.

잠시 뒤, 한나와 이야기를 주고받던 주치의가 천Lee에게 다가와 몇 가지 사항을 체크했다. 그러는 동안 천Lee가 주치의에게 물었다.

"환상에 빠지는 것도 이 병의 증상인가요?"

주치의가 대답했다.

"네, 사람에 따라 환영, 환각 다 일어나요. 피부가 가려울 땐 벌레가 기어다닌다고 하고, 배가 불러올 땐 수백 마리의 실뱀이 들어 있다고도 호소를 해요."

천Lee는 그제야 자신감을 갖고 고백을 하듯 재빨리 말했다.

"나도 꿈을 꾼 게 아니라 환상이었어요."

주치의가 무슨 소린지? 하는 표정을 지었다. 천Lee는 얼른 다시 한 번 말했다.

"환상이었다고요."

그제야 주치의는 충분히 그럴 수 있다는 듯 고개를 여러 번 끄덕이며 말했다.

"마음을 편하게 가지세요."

그것으로 끝이었다. 대화는 더 이상 이어지지 않았다. 천Lee는 주치의가 못마땅했다. 이쪽에선 한껏 용기를 내어 솔직한 이야기를 꺼내놓았는데, 저쪽에선 영혼 없이 형식적인 응대를 한 느낌이었다. 천Lee는 주치의를 빤히 올려다보았다. 주치의가 내가 뭘 잘못했나, 하는 표정을 지었다. 그래도 천Lee가 정색을 하고 빤히 쳐다보자 도움을 청하듯 한나를 바라보았다. 한나마저 어쩔 수 없이 그 눈길을 피하자 조금 멋쩍은 듯 웃으며 간호사에게 지시했다. 열도 내리고 황달기도 사라졌으니 지금 병실로 옮겨드리지. 새벽 여섯 시였다. 그래도 사람들이 몰려들 것을 감안한 특별 조치였다. 천Lee는 그제야 주치의가 야근을 하면서까지 자신을 돌보고 있다는 사실이 떠올랐다.

탈피

병실로 올라가는 것도 쉬운 일이 아니었다. 어떻게 알았는지 그 시간에 벌써 몇몇 화랑 대표와 기자들과 출판사 관계자들이 중환자실 앞에서 서성거리고 있었다. 화랑 대표들은 친분을 앞세워 서로 회고전을 계약하려고 할 것이고, 출판사는 마지막 인터뷰를 따놓았다가 세상을 뜨자마자 책을 내려고 할 것이고, 기자들은 사람들의 궁금증을 이용해 나름 그럴듯한 신화를 만들거나 혹은 과대평가된 면이 없는지 따지고 들어 눈길을 끌려 할 것이었다. 또한 그중 작품을 가지고 있는 사람들은 사후 작품 값을 가늠해보며 속으로 미소를 짓고 있을 것이었다. 천Lee는 그런 생리를 잘 알고 있으면서도 그들이 야속했다. 야속한 마음이 드는 것조차 병으로 예민하기 때문이라고 여기면서도 그들의 뜻대로 되지 않는다는 것을 보여주고 싶었다. 가식적인 얼굴에 찬물을 끼얹고 싶었다. 그러려면 멀쩡한 모습을 보여줘야 했다. 생각 끝에 이동식 침대를 물리치고 휠체어를 탔다. 긴 머리를 풀어 웨이브를 살리고, 붉은 립스틱도 발랐다. 한나는 그런 그녀의 모습을 보고 엄지손가락을 치켜세우며 비로소 미소를 지었다. 젊은 의사들과 간호사들도 재미있는 일을 도모한 것처럼 큭큭거리며 은밀한 미소를 지었다.

그렇다고 고약하게 굴 생각까지는 없었다. 그러나 천Lee는 세 달 전부터 노골적으로 자신의 작품을 사 모으고 있는 한 화랑 대표가 다가와 말을 거는 순간 속이 뒤틀렸다. 그녀는 주로 나이 든 화가들의 회고전이나 기념전을 열어 톡톡히 재미를 보는 인물이었다. 한번은 육십 년 화업(畵業) 회고전을 준비하다가 세상을 떠난 원로 화가가 있었는데, 그의 그림을 유족들에게 돌려주지 않고 빼돌린 적도 있었다. 가뜩이나 파리나 뉴욕과 다른 국내의 풍토가 못마땅하던 천Lee는, 한 아트디렉터에게 그 사실을 전해들은 뒤부터 그녀를 멀리했다. 그녀 또한 그것을 잘 알고 있었다. 때문에 그녀가 천Lee 앞에 나타난 건 누가 봐도 속내가 드러나는 일이었다. 아무튼 천Lee가 소문보다 멀쩡한 모습으로 등장하자 사람들은 잠시 할 말을 잃고 주뼛거렸다. 그런데 유일하게 그녀가 활짝 웃으며 다가와 어머나, 이렇게 건강하신데 괜히 걱정했네요, 하고 손뼉을 쳤다. 천Lee는 어처구니가 없었다. 그녀를 쳐다보지도 않고, 휠체어를 밀고 있는 한나를 향해 소리쳤다. 한나, 이 여자한테서 나는 악취가 너무 심해서 숨을 못 쉬겠어. 어서 가자!

병실로 올라온 천Lee는 속이 후련했다. 병 때문에 단단히 꼬였다는 말을 들어도 할 수 없었다. 오히려 왜 그동안 이런 말을 못하고 살았는지 모르겠다는 생각과 함께 이제는 그렇게 살지 않을 거라는 생각마저 들었다. 뭔가 한 꺼풀을 벗어던진 느낌. 그러나 한나의 표정은 어두웠다. 선생님, 하고 몇 번이나 입술을 달싹이다가 한숨을 내쉬었다. 간호사와 함께 천Lee를 침대 위에 눕힌 뒤에도 등을 보인 채 창밖을 내다보고 서 있었다. 천Lee는 그런 한나가 귀엽고 사랑스러웠다. 빙그레 웃으며 말을 걸었다.

"한나, 속상하니?"

한나가 여전히 등을 보이고 대답했다.

"네."

천Lee가 다시 말했다.

"내가 잘못한 거야?"

그제야 한나가 뒤돌아서며 시선을 맞췄다. 그러곤 애타는 표정으로 말했다.

"그 여자가 누구인지 아시잖아요. 메이저급 신문사 데스크를 꽉 쥐고 있다고요. 벌써 선생님을 흠집 내는 기사가 떴을 텐데, 어쩌시려고요?"

천Lee가 말했다.

"걱정하지 마. 이제 와서 사람들 시선이 뭐가 중요해. 마음대로 떠들라고 해. 또 내가 없는 소리를 한 것도 아니잖아."

그러자 한나가 다소 큰 소리로 단호하게 대꾸했다.

"저는 그런 사람들이 선생님에 대해 함부로 떠들어대는 게 보기 싫어요. 그러니 선생님, 제발 그러지 마세요. 남겨질 아이들 생각도 하셔야지요! 상처받을 거라고요."

천Lee는 한나의 말에 아차, 싶었다. 미처 자식 생각을 못한 자신이 너무나 이기적으로 느껴졌다. 더 이상 말을 잇지 못하고 침묵했다. 간호사가 다시 들어와 열을 재고 나간 뒤에야 겨우 입을 열었다. 당분간 아무도 만나지 않을 거야. 그렇게 조치해줘.

실루엣

밤이 되자 다시 열이 올랐다. 급하게 주치의와 간호사가 다녀간 뒤, 한나는 침통하게 서 있는 아들에게 속삭였다. 여기는 내가 있으니까 걱정하지 말고 어서 가서 해미나 잘 챙겨. 천Lee는 한나가 고마웠다. 곁에 있어 다행이라는 생각을 하며 약 기운에 취해 잠이 들었다. 그리고 얼마 뒤 저벅저벅 걸어오는 누군가의 발소리에 놀라 잠에서 깨어났다. 그런데 이상했다. 누워 있는 곳이 병실이 아니라 또다시 그림 '숲' 속이었다. 다행히 천Lee의 몸은 지난밤과 달리 멀쩡했다. 대신 저만치서 빛을 등지고 누군가 다가오고 있었다. 실루엣이 기이했다. 다리 움직임의 모양새는 사람 같았지만 상체가 대충 뭉뚱그려진 덩어리 같았다. 천Lee는 나무 기둥 뒤로 몸을 숨겼다. 실눈을 뜨고 실루엣의 정체를 유심히 살폈다. 그러고 있자 실루엣의 상체가 울룩불룩 움직이더니 반으로 갈라졌다. 본체에서 갈라진, 기역자 모양의 한 덩어리가 땅 위로 미끄러져내렸다. 본체는 그 자리에 멈춰 서 있고, 갈라져나온 기억자 덩어리는 천Lee 쪽을 향해 다가오기 시작했다. 천Lee는 몸을 잔뜩 움츠리고 기억자를 주시했다. 그러다가 기억자 안쪽에서 뭔가 규칙적으로 흔들거리는 것을 발견했다. 기억자가 뭔지는 몰라도 흔들리는 것은 돌도끼 같았다. 천Lee는 덜컥 겁이 났다. 여차하면 '숲'을 빠져나갈 수 있게 뒤를 살폈다. 그러나 걸어들어온 나무 사이의 틈이 보이지 않았다. 아니, 울창했던 나무가 하나도 보이지 않고 높고 하얀 장벽이 세워져 있었다. 당황한 천Lee는 부랴부랴 나무 위로 기어올라갔다. 그때, 기억자가 일자로 펴지면서 천이야! 하고 그녀를 불렀다.

아, 사무치게 그리운 목소리였다!

천Lee는 어머니! 하고 외치면서 나무에서 뛰어내렸다. 아니, 침대에서 뛰어내렸다. 그러곤 한나를 어머니라고 여기며 한참을 붙들고 울었다. 그러면서 점점 정신이 들었다. 자신이 끌어안고 있는 사람이 한나임을 알게 된 뒤에도 어머니, 어머니! 하는 소리를 멈출 수 없었다. 한나는 그런 천Lee의 등을 말없이 토닥여주었다. 천Lee가 잠잠해지자 어린아이를 다루듯 조심스럽게 침대에 눕힌 뒤 이마를 만졌다. 다시 열이 오른 것 같다며 인터폰을 눌렀다. 한나가 그러는 동안 천Lee는 계속해서 어머니를 생각하느라 정신이 없었다. 또한 어머니를 업고 저벅저벅 발소리를 내며 자신을 깨운 커다란 실루엣의 주인이 누구인지, 등 굽은 어머니의 손에 들려 규칙적으로 움직이던 물체도 무엇인지 곰곰이 따져보았다. 알 수 없었다. 그러나 어머니가 저승에서부터 돌도끼를 손에 들고 그토록 사랑하는 딸에게 찾아올 리는 없었다.

손님

정오가 다 되어서야 잠에서 깨어났다. 기분이 나쁘지 않았다. 두통도 없었고, 구역질도 나지 않았다. 이 정도라면 일상으로 돌아가 그림을 그릴 수도 있을 것 같았다. 천Lee는 팔다리를 들어올려보았다. 힘들지 않았다. 조심스레 자리에서 일어나보았다. 견딜 만했다. 그래도 한나가 욕실에서 나오며 선생님, 하고 달려왔다. 천Lee는 한나를 붙들고 어린아이처럼 어머니를 찾던 지난밤의 일이 떠올랐다. 멋쩍게 웃으며 아침은 먹었어?

하고 인사를 건넸다. 뒤이어 아이들은? 정 박사는? 하고 그들이 언제 다녀갔는지도 물었다. 한나는 차례대로 대답을 했다. 그러곤 잠시 눈치를 살피다가 그런데요, 선생님, 하고 다시 입을 열었다.

"누가 그림을 놓고 갔어요."

"그림?"

"네, 그림이요."

"어디다가?"

"간호사실이요."

"누군데?"

"몰라요."

"무슨 그림인데?"

"꽃 그림이요."

"꽃 그림?"

"네, 어떡할까요?"

"……"

"가져와볼까요?"

"아니, 나중에."

천Lee는 귀찮았다. 더욱이 꽃 그림이라면 보고 싶지 않았다. 지금은 자신의 초창기 그림 '숲' 외에는 다른 것을 들여다볼 마음의 여유가 없었다. 때문에 한나에게 말했다. 그보다 내 그림한 장만 찾아다줄래? 한나는 갑자기 무슨 소리냐는 표정으로 되물었다. 선생님 작품이요? 천Lee는 한나의 말투가 자신과 많이 닮아 있어 웃음이 나왔다. 그러나 '숲'을 어떻게 설명해야할지 몰라 잠시 쉬었다가 말했다. 이십 대 초반에 나무를 빽빽이 그려넣은 건데, 혹시 본 적 없어? 한나가 두 손을 마주 잡으며 바로 대답했다. 아하, 본 것 같기도 해요. 소품이잖아요? 천Lee도 반가운 마음에 바로 대답했다. 그렇지? 한나도 봤을 거야. 작년까지도 아틀리에에 있었던 것 같은데, 어디다 뒀는지 모르겠단 말이야. 오늘 당장 찾아봤으면 좋겠어.

그러나 '숲'은 아틀리에에도, 집에도, 창고에도 없었다. 한나는 그것이 마치 자신의 잘못인 듯 어쩔 줄 몰라했다. 천Lee도 실망스러웠다. 힘이 빠졌다. 그 때문인지는 몰라도 몸 상태가 좋지 않았다. 고개를 돌리고, 팔을 움직이고, 무릎을 세워올리는 것조차 버거웠다. 눈을 감으면 자꾸 어디론가 빨려들어가는 것 같았다. 억지로라도 눈을 뜨면 다시 절로 감겼고, 침대에서 검고 묵직한 무언가가 튀어나와 뒤에서 잡아당기는 느낌도 들었다. 그렇다고 푹 잠이 드는 것도 아니었다. 많은 소리들이 잠결로 고스란히 스며들어 신경이 쓰였다. 의식이 무의식의 결을, 무의식이 의식의 결을 서로 가르고 자극하여 뭔가 복잡하고 피곤했다. 그 피곤이 너무 버거워 선잠에서 깨어나려 해도 눈이 떠지지 않아 더 힘들었다. 천Lee는 생각했다. 어쩌면 이 모든 게 꿈일지도 모른다고. 수면제의 약효가 강제로 자신을 붙잡고 있어 잠에서 깨어날 수 없는 거라고. 약효가 떨어지면 절로 눈을 뜨게 될 거라고. 그러면 제일 먼저 한나가 밝은 표정으로 선생님, 하고 부르며 눈앞에 그림 '숲'을 치켜들 거라고.

이틀이나 지나 겨우 눈을 뜬 천Lee는 무엇보다 먼저 병실을 둘러보았다. 창가에 몸을 기대고 서 있던 한나가 어딘가 갇혀 있다가 막 풀려난 듯한 목소리로, 그러나 억지로 끌어올린 목소리로 선생님! 하고 부르며 가까이 다가왔다. 하지만 손에는 그림 '숲'이 들려 있지 않았다. 대신 하얀 휴지가 들려 있었고, 눈시울이 붉게 부어올라 쌍꺼풀이 풀린 채 축축하게 젖어 있었다. 천Lee는 애써 밝게 웃으려는 한나와 시선을 맞출 수가 없었다. 한나 역시 천Lee를 똑바로 쳐다보지 못했다. 고개를 숙인 채 천Lee의 손을 꼭 잡고, 엄지손가락으로 그 손등의 불거진 핏줄 위를 반복해서 쓸어내렸다. 그렇게 한동안 침묵하고 있다가 갑자기 눈물을 뚝뚝 흘리며 자리에서 일어났다. 거의 고꾸라지듯 화장실로 달려들어갔다. 천Lee는 코끝과 눈가에서 핑 하는 소리가 나는 것 같았다. 걷잡을 수 없이 눈물이 쏟아졌다. 그렇게 천Lee는 침대에 누워서 두 손으로 입을 틀어막고, 한나는 화장실에서 세면기의 물을 틀어놓고 한참을 울었다.

컨디션이 좋지 않았다. 주사약을 들고 들어오는 간호사의 한 손에 그림 하나가 들려 있었다. 간호사는 '참 잘했어요' 도장이라도 찍어줘야 할 것 같은 들뜬 표정으로 말했다.

"이 그림 전해주었느냐고 두 번이나 확인 전화가 왔어요."

한나가 아, 그랬군요, 하고 짧게 대답한 뒤 얼른 그림을 받아들고 전실(前室)로 들어갔다. 천Lee는 저 그림이 '숲'이었으면 좋았을 거라는 아쉬움이 앞섰다. 또한 한편으론 간호사의 순진한 표정에 웃음이 나왔다. 하지만 기운이 빠지고 의식이 흐릿해 피식, 웃다 말았다. 그래도 간호사가 병실에서 나간 뒤엔 한나에게 그림을 가져와보라고 고갯짓을 해 보였다. 한나는 지금요? 하고 걱정스러운 표정을 지었다. 천Lee는 고개를 끄덕였

윤후명, 엉겅퀴꽃. 캔버스에 아크릴릭 45.5×38cm 2008

다. 그러면서 이런 증상이 몇 번만 더 오면 죽는다지? 하고 속으로 중얼거렸다. 한나는 더 이상 묻지 않고 그림을 가지러 갔다.

그 짧은 사이에도 천Lee는 자꾸만 눈이 감겼다. 의지와 달리 깜박 의식을 잃었다가 깨어나기를 반복했다. 그래도 어느 순간 한나가 느껴졌다. 갓난아기가 제 어머니의 젖 냄새를 맡고 고개를 돌리는 것처럼 한나를 향해 고개를 돌리며 감았던 눈을 떴다. 거기, 한나가 그림을 들고 정물처럼 서 있었다. 천Lee는 그림이 선명하게 보일 때까지 눈을 깜박이지 않고 기다렸다. 그 잠시의 기다림 끝에 뜻밖에 아! 어머니! 하고 신음하듯 탄성을 흘렸다. 그것은 단순한 꽃 그림이 아니었다. 아니, 꽃 그림이라고 말하면 안 되는 거였다. 때론 정해진 약속을 무시해야 그 실체가 고스란히 다가오는 것이 있었다. 그러니 눈앞의 그림은 '엉겅퀴 꽃 그림'이라고 해도 안 되고, 반드시 어머니처럼 '엉겅퀴꽃'이라고 해야 하는 거였다. 그림 속에선 하얀 옷을 입은 '엉겅퀴꽃'이 피고, 지고 있었다. 어머니가 생(生)과 사(死)를 넘나들고 있었다.

2

동쪽 뒤꼍

천Lee는 한나를 향해 가까이 다가오라는 손짓을 했다. 한나는 그림을 들고 조심스레 움직였다. 그러자 하얀 옷을 입은 엉경퀴꽃이 천Lee의 눈앞에서 넘실거렸다. 천Lee는 멀어지는 의식을 겨우 붙들고 혼잣말을 중얼거렸다. 그래, 돌도끼가 아니고 바로 이 엉경퀴꽃이었어. 등 굽은 어머니의 손에 들려 규칙적으로 움직이던 물체를 말하는 거였다. 천Lee는 목구멍을 타고 올라오는 뜨거운 기운을 거듭 삼키며 손을 내밀었다. 천천히 그림 위를 쓰다듬었다. 그러자 엉경퀴꽃이 바람에 날리듯 꿈틀거리는 것 같았다. 아니, 실제처럼 꿈틀거렸다. 하얀 꽃도 깃털처럼 포근하게 느껴졌다. 천Lee는 의식이 멀어지며 힘없이 아래로 미끄러져내리는 자신의 손을 망연히 바라보며 생각했다. 가시가 따가울 텐데. 역시 손바닥이 꽃받침을 지나 잎과 줄기에 닿자 따끔했고, 그 따끔한 손을 미처 들어올리기도 전에 천Lee는 의식을 잃었고, 동시에 어린 시절의 풍경 속으로 미끄러져 들어갔다.

할머니의 장독대는 볕이 잘 드는 동쪽 뒤꼍에 있었다.

　큰 독은 뒤쪽에, 작은 독은 앞쪽에 여러 줄로 나란히 정리되어 있었다. 뒤쪽의 큰 독에는 간장과 된장이, 가운데 부분의 중두리에는 묵은 장이 만든 시기별로 담겨 순서대로 놓여 있었다. 또한 앞쪽의 작은 항아리에는 집에서 먹는 고추장과 막장 들이 담겨 있었다. 어머니는 틈만 나면 행주를 꼭 짜 이 할머니의 장독대를 닦고 또 닦았다. 빗방울이 떨어질 때면 가장 먼저 달려가 장독의 뚜껑을 덮었다. 어쩌다 독 표면에 하얀 소금꽃이 피어나면 죽을죄라도 지은 것처럼 할머니의 눈치를 살피며 쩔쩔맸다. 그러나 철없는 천Lee는 장독 사이사이를 깔깔거리고 누비며 숨바꼭질을 하고 놀았다. 어머니는 천Lee가 놀다가 넘어지면 어디선가 바람처럼 달려와 독을 열고 손가락으로 된장을 꾹 찍어 발라주었다. 그러면서 할머니의 매운 시집살이를 속으로 삭였다.

　할머니는 임금의 장(醬)을 마련하는 집안의 장녀였다. 늘 '장(醬)은 장(將)이다' 하는 말로 모든 것을 일축하는 사람이었다. 때문에 세상이 바뀐 뒤에도 가장 좋은 장맛을 전수받은 인물로 유명했다. 얼굴에 마마자국이 심했기 때문인지 더욱 장 담그기에 매달렸고, 곱상한 어머니를 몹시 미워했다. 아버지가 가업을 잇지 않는 것도 어머니 탓으로 돌렸고, 장맛이 원하는 대로 나지 않을 때에도 신씨 성을 가진 어머니가 집안에 들어왔기 때문이라고 화를 냈다. '신'이 '시다'와 소리가 비슷해 장이 시어질 염려가 있다는 거였다. 예로부터 신씨 성을 가진 사람은 집에서 장도 담그지 않았다는 거였다. 어머니는 그것이 발효에 대한 과학적 지식이 없기에 생긴 미신과 금기인 것을 잘 알면서도 할머니에게 아무런 대꾸를 하지 않았다. 그저 할머니의 지시를 묵묵히 따랐다.

장을 담글 때에는 더욱 그랬다. 삼 일 전부터 몸가짐을 조심하며 외출을 하지 않았다. 개나 고양이를 꾸짖지도 않았다. 개미조차 발로 밟지 않으려고 조심했다. 장을 담그는 당일에는 깨끗이 목욕을 하고 고사를 지냈으며, 심지어 여성의 음기가 장에 닿지 않아야 한다는 이유로 입까지 창호지로 봉하고 작업을 했다. 할머니는 그런 어머니의 모습에도 이것이 저것이, 하며 이맛살을 찌푸리고 흠을 잡았다. 어머니가 장독대 입구에 금줄을

치고, 장독마다 창호지로 만든 버선본을 붙일 때에는 팔짱을 끼고 서서 감시를 했다. 특히 버선본을 붙일 때는 더욱 엄하게 굴었다. 어머니가 그것을 조금만 기울게 붙여도 장맛을 버린다고 호통을 쳤다. 그러곤 끝없이 잔소리를 늘어놓았다. 버선본을 이렇게 거꾸로 붙이는 건 장을 해치는 귀신이 버선 속에 들어가지 못하게 하려는 거다. 그런데 그렇게 기울게 붙이면 되겠느냐. 네가 일부러 귀신을 불러들여 내 장맛을 망치려는 거냐.

사실, 버선본을 거꾸로 붙이는 것은 주술적 의미였다. 조금 기울게 붙인다고 해도 상관없었다. 노래기나 지네 등 다족류의 벌레들이 흰 종이에서 반사되는 빛을 싫어하기에, 벌레의 접근을 막기 위한 방편으로 붙이는 거였다. 굳이 버선본을 쓰는 이유도 단순했다. 예전엔 어느 집이나 버선본을 식구대로 가지고 있어 가장 손쉽게 구할 수 있는 하얀 종이가 버선본이었던 것이다. 어머니는 그런 버선본에 대한 과학적 근거도 잘 알고 있었다. 그런데도 할머니의 잔소리를 묵묵히 참아내며 장을 담갔다. 담근 장에 숯이나 고추를 띄운 뒤에야 허리를 펴고 할머니를 올려다보았다. 장 담그기가 끝났다는 표시였다. 그러면 할머니는 어머니를 다시 한 번 단속했다. 장독대 근처에 아무도 얼씬거리지 못하게 지켜라. 상갓집에 다녀온 것들이나 해산한 것들은 집 안에 들이지도 말고!

해피

그래도 사람의 일이었다. 할머니가 시키는 대로 그렇게 주의를 하고 또 해도 한 번씩 사고가 터졌다. 그럴 때마다 어머니는 아무것도 먹지 못하고 새까맣게 타들어갔다. 특히 그 일이 조금이라도 아버지와 관련이 있을 때는 더욱 그랬다. 언젠가 장독에 붙여놓은 버선본이 바람에 떨어져나간 적이 있었다. 밤새 마당을 휘돌고 뒹굴며 너덜너덜 찢긴 버선본 조각 하나가 하필이면 할머니의 고무신 속으로 들어갔다. 이른 아침, 고무신을 신다가 그것이 버선본 조각인 것을 알게 된 할머니는 눈을 허옇게 치켜 뜨고 다짜고짜 고함을 쳤다.

"당장 해피 갖다 버려라!"

해피는 아버지의 개였다. 할머니는 해피가 장독에 붙여놓은 버선본을 뜯었다는 거였다. 그래서 보나 마나 장을 망치게 되었다는 거였다. 아버지가 간밤에 바람 부는 소리를 못 들었느냐고, 바람에 버선본이 떼어져 날린 거라고, 해피는 내내 광 속에 가둬놓았었다고, 아무리 그게 아니라고 해도 막무가내였다. 어머니는 할머니의 성화에 일단 해피를 안아들긴 했다. 하지만 문밖으로 나서진 못했다. 아버지가 문을 막고 서서 버티고 있었다.

할머니는 조금이라도 장맛을 해치는 것들을 모두 잡귀, 잡신이라고 했다. 어쩌다 털 달린 동물이 집 마당으로 들어왔다 나가도 펄쩍 뛰었다. 그 털이 날려 장으로 들어갈까 봐 성화였던 것이다. 장독 뚜껑을 닫으라고 소리를 치며 온 집 안에 소금물을 뿌려댔다. 아버지는 그런 사실을 잘 알면서도 하얀 털이 유난히 복슬복슬한 스피츠 잡종 해피를 장에서 사왔다. 그러니까 해피는 할머니를 향한 아버지의 어깃장인 셈이었다.

어쨌든 할머니는 문을 막고 서 있는 아버지를 쏘아보며 다시 소리쳤다.
"그놈의 잡귀를 왜 집 안으로 끌어들여 이 사달을 내는 거냐?"
아버지도 기세를 꺾지 않고 큰 소리로 대꾸했다.
"정말 몰라서 물으세요?"
"모른다. 네 입으로 말해봐라."

"뭘 몰라요. 그만하세요."

"모른다고. 어서 말해보라고!"

"도대체 장이 뭐라고 가족들을 이렇게 괴롭히시는 거예요?"

할머니는 더 이상 말을 잇지 않았다. 그게 이 어미에게 할 소리냐는 표정으로 쯧쯧쯧 혀를 찼다. 어깨를 크게 들썩이며 한숨을 내쉬었다. 그러곤 우두커니 서서 아버지를 쳐다보았다. 그사이 아버지는 어머니 손에 들려 있는 해피를 빼앗아 들었다. 겁에 질려 꼬리를 말고 바들바들 떨고 있는 해피를 광 속으로 들여보내며 할머니가 들으라는 듯 크게 혼잣말을 했다.

"해피가 하지 않은 거 잘 알면서 그러시는 거 아니냐고. 누가 그 속셈을 모르나!"

그러자 할머니가 다시 몸을 부들부들 떨기 시작했다. 아버지에게서 시선을 거둬들이며 눈을 부릅떴다. 그 시선을 천천히 어머니 쪽으로 옮겼다. 어린 천Lee는 그 순간이 꽤나 길게 느껴졌다. 왠지 조마조마하고 갑자기 오줌이 마려워 화장실로 뛰어들어갔다. 그 짧은 순간 천Lee의 오빠와 언니도 얼굴이 하얗게 질리더니 곧 훌쩍훌쩍 울음을 터뜨렸다.

그러나 할머니는 아랑곳하지 않았다. 무섭게 어머니를 노려

보기 시작했다. 그 눈빛에는 다 너 때문이다, 네가 알아서 해결해라, 하는 무언의 압력이 담겨 있었다. 어머니는 죄인처럼 고개를 푹 숙이고 그대로 서 있었다. 아버지가 훌쩍거리는 언니와 오빠를 달래어 방으로 들여보내고, 어머니의 팔을 아무리 잡아끌어도 움직이려 하지 않았다. 아버지가 할머니를 향해 제발 그만하세요! 하고 소리를 친 뒤, 할머니가 시선을 거두고 방으로 들어갈 때까지 꼼짝을 하지 않았다. 그리고 다음 날 아침, 해피가 간밤에 사라졌는데도 어머니는 왠지 크게 놀라지 않았다.

아버지는 아침밥도 먹지 않고 해피를 찾으러 나갔다. 언니와 오빠는 할머니의 눈치를 살피다가 밥에 물을 말아 마시듯 아침을 먹고 후다닥 집을 뛰쳐나갔다. 천Lee도 밖으로 나가 해피를 찾고 싶었다. 그러나 할머니가 손을 꼭 붙잡고 우리 천이는 나가지 마, 추워서 안 된다, 하고 속삭였다. 그래서 천Lee가 어머니를 쳐다보자, 어머니도 안 된다고 고개를 두어 번 저어 보였다. 천Lee는 미워! 하고 방으로 들어갔다. 그러면서도 미묘한 기운을 느꼈다. 할머니와 엄마의 표정이 평소와 달랐다. 상 두 개에 각자 앉아 느긋하게 밥을 먹고 있는 두 사람의 모습이 처음 보는 풍경이라 무척 낯설었음에도 왠지 평화롭게 느껴졌다.

윤후명, 바위 속으로, 캔버스에 아크릴릭 41×31.5cm 2007

마치 단단한 바위 속으로 들어가 좌정(坐定)을 하고 있는 것 같았다.

언니와 오빠는 점심때가 되자 집으로 돌아왔다. 천Lee가 해피는 찾았어? 하고 묻자 오빠는 없어! 하고 대답했다. 언니는 고개를 저으며 울음을 터뜨렸다. 할머니가 시끄럽다! 하고 방 안에서 소리치자 입을 막고 정말 서럽게 흐느꼈다. 오빠가 그 옆에서 나지막한 소리로 속삭이듯 중얼거렸다. 저 마귀할머니가 갖다 버렸을 거야. 오빠와 언니는 한 번도 할머니에게 우리 할머니라고 하지 않았다. 어른이 되어서도 고약한 늙은이, 징글 맞은 노파, 미친 노인네, 라고 불렀다. 사람들의 이목이 있을 때에도 '그 할머니'라고 했지, 천Lee처럼 '우리 할머니'라고 하지 않았다.

아버지는 저녁이 되어서야 집으로 돌아왔다. 하루 종일 굶고 헤맨 탓에 얼굴이 핼쑥했다. 추위에 몸도 마음도 꽁꽁 얼은 듯 경직되어 있었다. 어머니가 부랴부랴 뜨거운 물을 떠다주었지만 받아 마시지 않았다. 그대로 마당에 서서 할머니의 방문을 노려보며 소리쳤다.

"해피를 어디다 갖다 버렸어요?"

할머니가 방 안에서 소리쳤다.

"나는 모르는 일이다."

"그럼 누가 알아요?"

"그걸 왜 나한테 물어?"

"우리 집에서 어머니 말고 또 누가 그러겠어요?"

"생사람 잡지 말라니까!"

"그럼 광 속에 있던 해피가 밖에서 잠긴 문을 열고 나갔다는 거예요?"

"그것도 나는 모르는 일이니 나에게 묻지 마라."

"어머니, 정말로 이러실 거예요?"

"뭘 말이냐?"

"지금 몰라서 물어요?"

"모른다. 너야말로 왜 나에게 이러는지 모르겠구나."

아버지는 기가 막혀서 말이 안 나오는 듯 어휴, 하고 한숨을 쉬었다. 그러고 나서야 고개를 내두르며 말했다.

"어머니와 무슨 얘길 하겠어요. 그래요, 어머니가 다 옳아요. 그러니 제발 해피가 어디 있는지만 말씀해주세요."

"나는 모른다니까. 네 처한테나 물어보든지 말든지!"

"뭐라고요?"

"네 처에게 물어보라고!"

아버지는 쳇, 하고 혀를 찼다. 그러곤 이번엔 어머니를 향해
말했다.

"당신 괴롭히는 거 또 시작이네. 아, 지긋지긋해. 더 이상은
정말 못살겠다!"

어머니가 이제 그만하라고 아버지를 향해 손사래를 쳐댔다.
그래도 아버지는 어처구니없다는 표정을 지으며 말했다.

"당신한테 물어보라잖아. 말이 되는 소리를 해야지!"

어머니는 손으로 아버지의 입을 틀어막으려는 시늉을 했다.
아버지는 그제야 어휴, 하고 방으로 들어갔다. 그러면서 한마디
를 더 내뱉었다.

"하긴, 가족이 뭔지도 모르는 사람한테 무슨 말을 하겠어."

할머니의 방에서 한마디가 더 흘러나왔다.

"한심한 녀석!"

희생

그렇듯 할머니의 기운이 성한 집안에서 태어나고 자랐건만,

천Lee는 어머니의 고충을 잘 몰랐다. 할머니는 이상하게도 처음부터 천Lee를 끔찍하게 위했다. 갓 걸음마를 시작한 천Lee를 어머니에게서 빼앗아 자신의 품에 안고, 먹이고 재우며 특별하게 대했다. 아버지와 사이가 멀어지면 멀어질수록 더욱 천Lee에게 집착했다. 할머니는 대놓고 말했다. 첫째는 대가 약하고, 둘째는 눈썰미가 없고, 대를 이어 장을 만들 아이는 천이밖에 없다!

언제부터인지 어머니는 천Lee를 마음대로 안을 수도 없었다. 늘 할머니의 눈치를 보며 천Lee를 대했다. 그러자 언제부터인지 천Lee도 어머니를 하인 다루듯 함부로 대하게 되었다. 어머니가 조금만 마음에 들지 않아도 할머니처럼 이것이, 저것이 하며 혀를 쯧쯧 찼다. 또한 오빠와 언니의 손에 들려 있는 물건도 당연한 듯 아무렇지도 않게 빼앗아버렸다. 그러면 오빠와 언니는 어머니에게 달려가 할머니를 닮아서 저렇게 못된 거라고 울먹였다. 그럴 때마다 어머니는 눈을 찡긋거리며 제발 너희가 참아달라는 신호를 보냈다. 그래도 장남인 오빠는 아무도 보지 않을 때면 한 번씩 천Lee를 쥐어박았다. 천Lee는 그 또한 놓치지 않고 할머니에게 달려가 울음을 터뜨렸다.

어쨌든 그렇게 자라난 천Lee는 여덟 살이 되자 처음으로 어머니에게 진지하게 물었다. 그날은 할머니의 손을 잡고 초등학교 입학식을 다녀온 날이었다.

"나는 왜 할머니가 엄마 같아?"

"왜 그런 말을 하니?"

"그냥."

"학교에 가니까 다른 아이들은 다 엄마하고 와서 이상했어?"

"……."

"그건 할머니가 너를 많이 사랑해서야."

"그럼 엄마는 나를 사랑하지 않아?"

"그건 아니고."

"……."

"천이도 엄마하고 같이 학교에 가고 싶었니?"

"몰라."

"엄마는 천이 손잡고 같이 가고 싶었는데."

"그런데 왜 그러지 않았어?"

"……."

"할머니가 무서워서?"

"아니."

"그럼 왜?"

"……."

"나를 사랑하지 않아서?"

"그건 아니야."

"그럼 뭐야?"

"천이 널 위해서야."

"내가 왜?"

더 이상 대화가 이어지지 않았다. 어머니는 천Lee를 꼭 끌어 안고 잠시 그대로 있다가 혼잣말처럼 중얼거렸다. 조금만 더 크면 다 알게 될 거라고. 그러나 천Lee는 조금이 아니라 중학생이 되어서야 '내가 왜?' 하고 어머니에게 던졌던 질문의 답을 알수 있었다. 젊은 시절의 아버지는 가업을 잇기보다 화가가 되고싶어했다. 반드시 가업을 잇는다는 조건으로 미술학과를 갔고, 결혼을 하면 본가로 들어가 본격적으로 가업을 잇겠다는 약속을 하고 시간을 벌어 개인전까지 했다. 그러기를 십 년, 그러나아버지는 결국 꿈을 접고 할머니 곁으로 돌아갔다. 자신의 꿈보다 '신'씨 성을 가진 어머니와의 사랑을 선택한 것이었다. 신가 년, 이라며 결혼을 완강하게 반대했던 할머니가 백번 양보한 결혼 승낙 조건이 더 이상 미루지 않고 아버지가 가업을 잇는 거였다. 장을 담그는 거였다.

　　어머니는 늘 아버지가 안쓰러웠다. 자신이 날개를 꺾어 주저앉혔다는 생각에 죄책감마저 들었다. 때문에 해피가 없어진 그해 여름날 아침 아버지에게 말했다. 장은 내가 담글게요. 당신은 하고 싶은 일을 하세요. 그게 옳아요. 그날 저녁, 할머니는 아버지에게 외쳤다. 장 담그는 날도 신일(辛日)을 피해 호랑이날인 병인일(丙寅日)이나 토끼날인 정묘일(丁卯日)을 택일하는데 '신(辛)'씨가 장 만드는 가업을 잇겠다고 달려들다니, 필요 없다! 천이만 남기고 다 나가거라. 이에 아버지는 더 강하게 맞섰다. 어머니가 자꾸 억지를 부리고 고집을 피우시니 이젠 어쩔 수 없어요. 천이까지 모두 데리고 저희는 여길 떠나겠어요. 그러나 어머니의 생각은 달랐다. 어머니의 입장에서는 아버지의 말도, 할머니의 말도 따를 수 없었다. 그러면 가족이 깨지는 거였다.

　　며칠을 말없이 장독대에 쪼그리고 앉아 있던 어머니는 조용히 일어나 아버지의 짐을 쌌다. 아버지는 마당에 서서 굳게 닫

윤후명, 엉겅퀴 17. 캔버스에 혼합재료 45.5×38cm 2011

힌 할머니의 방문을 한동안 지켜보다가 집을 나섰다. 그러곤 촉촉하게 젖어드는 눈가를 계속 손으로 쓸어내리며 엉겅퀴꽃이 피어 있는 들판을 걸어갔다. 그런 아버지의 뒷모습을 바라보며 어머니는 생각했다. 할 수 없는 일이다. 그러니 복잡하게 생각할 것도 없다. 천이를 위해 십 년만 죽어지내면 되는 거다. 그때쯤이면 노인이 기력을 잃거나 세상을 떠날 것이고, 천이도 자신이 하고 싶은 일을 하며 살 수 있게 될 것이다.

인스턴트커피

누군가 따끔거리는 손을 잡아올리려 했다. 그 느낌에 천Lee는 퍼뜩, 과거의 시간에서 빠져나왔다. 그러곤 자신의 손을 만지지 말고 그대로 내버려두라는 신호로 고개를 저었다. 동시에 감겨 있던 눈을 뜨고 앞을 바라보았다. 한나가 '엉겅퀴꽃' 그림을 접시같이 눕혀 천Lee의 따끔거리는 손을 받쳐들고 있었다. 무엇 때문인지, 크게 웃을 일도 아닌데 피식, 웃음이 나왔다. 천Lee는 자신의 손을 들어올려 눈 가까이에 대고 들여다보았다. 역시 아무런 자국이 없었다. 따끔거리는 것이 병의 증세인 환각임을 알 수 있었다. 그래도 한나에게 손을 내밀어 보이며 분명히 엉겅퀴꽃 가시에 찔렸었는데 아무렇지도 않네, 재밌지? 하고 중얼거렸다. 그러면서 이런 증세라면 얼마든지 즐길 수 있겠구나, 하는 생각에 다시 한 번 피식, 웃었다. 그러나 한나는 웃지 않았다. 그림을 한쪽 벽에 기대놓고 침대로 가까이 다가왔다. 천Lee의 손을 들여다보지도 않고 잡아내려 이불 속으로 넣어주며 잠깐이라도 편안하게 눈을 붙여보라고 잔소리를 했다. 천Lee는 이런 잔소리꾼, 하고 중얼거리며 또다시 피식거렸다.

뭔가 이상하긴 했다. 천Lee는 알맞게 술을 마신 것처럼 기분이 들떠 있었다. 자꾸만 웃음이 터져나왔고, 평소와 다른 수위의 실없는 말이 쏟아져나왔다. 천Lee는 진통제 부작용으로 조증이 온 듯했지만 환각처럼 이 또한 나쁘지만은 않은 일이라는 생각이 들었다. 오히려 평소와 다른 자신의 모습에 즐겁기까지 했다. 아까와 달리 의식이 명료해 잠이 오지 않기는 했지만 그것도 그리 문제시되지 않았다. 기분에 따라 흘러가면 될 뿐이었다. 그러나 천Lee는 한나의 염려하는 마음까지 모르는 척할 수 없었다. 한나가 엉겅퀴꽃 그림을 어떻게 할지 묻자 애써 침착한 표정을 지으며 맞은편 벽에 걸려 있는 그림을 떼어내고 걸어놓았으면 좋겠다고 정중하게 부탁했다. 그러곤 너무 웃겨 입을 앙

다물었다. 정중하게 부탁하는 자신의 말투가 무대 위의 연극배우 같았고, 한나도 그렇게 느꼈을 거라는 생각이 들자 또다시 웃음이 나왔던 것이다. 역시 한나는 갸우뚱하는 얼굴로 천Lee를 살폈다. 천Lee는 더 이상 참을 수 없었다. 한나, 나 조증이 온 것 같아, 하고 말하며 봇물 터지듯 웃음을 터뜨렸다. 그것을 본 한나가 어처구니없어 하면서도 피식피식 따라 웃기 시작했다.

그때, 병실 문밖에서 인기척이 느껴졌다. 비밀스러운 장면을 들킨 어린아이들처럼 천Lee와 한나는 동시에 웃음을 그쳤다. 누군가 큰 소리로 휴대폰 통화를 하면서 천Lee의 이름을 거론하고 있었다. 천Lee는 속삭이듯 말했다.

"쉿! 문밖에 누가 있나 봐?"

한나가 바로 대답했다. 사실은 《미술세계》의 조 기자가 인터뷰를 하겠다고 아까부터 버티고 있었다고. 조 기자라면 전시회에 가보지도 않고(사실 가봐야 보는 눈이 없어 소용없겠지만) 작가 소개나 미술평론가들의 글을 보고 기사를 쓰는 인간이었다. 평론가들의 글이 얼마나 엉터리가 많은데 그것을 다시 우려내어 써먹다니! 천Lee는 한 프랑스 작가의 소설 속 주인공이 시니컬하게 내뱉었던 말을 그대로 중얼거렸다. 역시 연극배우처럼.

"인스턴트커피 같은 자식! 평생 남의 건더기를 우려먹느라 맹물이나 들고 다닐 얼치기 자식!"

그러자 또다시 온몸이 근질거리면서 피식, 웃음이 나왔다. 쿡쿡, 웃음이 터졌다. 조 기자의 능숙한 립서비스에 부풀려진 몇몇 화가들까지 떠올라 걷잡을 수 없이 깔깔깔 웃어댔다. 한나가 눈을 동그랗게 뜨고 쳐다봤지만 천Lee의 웃음은 쉽게 멈춰지지 않았다. 한나가 따라서 웃다가 결국 꾸르륵거리며 울음을 터뜨릴 때에야 웃음을 멈췄다.

시간이 흐르자 정신이 조금 명료해지는 것 같았다. 그러나 웃음기는 여전히 가시지 않았다. 천Lee는 한나가 울음을 터뜨린 이유를 알면서도 왜 울어? 하고 물었다. 한나는 아무런 말을 하지 않고 로션을 손에 집어들었다. 그것을 손바닥에 듬뿍 짜 천Lee의 발을 마사지하기 시작했다. 그러면서 조심스레 말했다. 선생님과 이렇게 깔깔거리며 웃었던 지난 시간들이 생각나서요. 천Lee는 되도록 밝게 대꾸했다.
"그래, 우리 참 많이 웃었지."
천Lee의 마음을 헤아린 한나도 밝게 대화를 이어나갔다. 눈시울은 계속해서 젖어 있었다.

"네, 별일이 다 있었어요. 선생님, 그때 기억나세요? 미국에서 알프레드 교수가 저한테 잘 보이려고 태권도 시범 보인 거. 선생님 세 번째 뉴욕 전시회 때였죠?"

"아, 맞아. 그때 진짜 웃겼지."

"알프레드가 무릎을 구부리고 서서 자기 제자한테 막대기로 힘껏 치라고 했는데 그만 그 제자가 발가락을 내리쳤잖아요."

"맞아, 그래서 발가락 다섯 개가 다 부러졌었지."

"네, 웃으면 안 되는 상황이었는데 자꾸만 웃음이 나와서 죽을 뻔했고요. 모두들 입을 씰룩거리며 웃음을 참고 있었는데, 선생님이 컹컹 코 먹는 소리를 내면서 빵 터졌잖아요. 알프레드는 아파서 데굴데굴 구르고 있는데도 다들 깔깔거렸었지요."

"하하하, 그다음부터 알프레드가 한나 앞에 나타나지 않았잖아."

"네, 귀찮았었는데 오히려 잘된 거지요, 뭐. 다시 생각해도 웃음만 나오네요."

"우린 그 사람 절룩거리고 다니는 거 볼 때마다 킥킥거렸잖아."

"네, 그 뒤로 태권도를 그만뒀다죠."

천Lee와 한나는 서로를 쳐다보며 웃었다.

천Lee가 다시 말을 이었다.

"나는 해미가 볼거리 걸렸을 때도 참 많이 웃었어."

"네, 저도 가끔씩 그때의 해미 얼굴이 떠올라 혼자 웃곤 해요."

"아침에 일어났는데 해미가 없어진 거야. 대신 한쪽 볼이 이만한, 넓적한 아이가 집에 있었어. 어찌나 웃긴지, 막 웃어댔지."

"병원에 데려가서 의사 앞에서도 계속 웃으셨다면서요?"

"내가 자꾸 웃으니까 의사가 묻더라고. 아침에 일어나니까 딴 아이가 집에 와 있었느냐고."

"저도 깜짝 놀랐어요. 그런데 그 병이 참 신기해요. 아무런 증상 없이 한쪽 볼만 그렇게 부풀어오르다니."

"그게 유행성 이하선염이라고 침샘이 부어오르는 거야. 한 번 걸렸다 나으면 평생 면역이 생기지. 아무튼 해미는 지금도 그 이야기만 하면 펄쩍펄쩍 뛰면서 싫어해. 자기는 너무 충격적이었는데 엄마는 깔깔깔 웃었다고, 계모 아니냐고. 나는 너무 귀여워서 사진도 찍어놨는데 말이야. 우리 해미 결혼하면 신랑한테 보여주려고."

한나는 곧바로 말을 잇지 못했다.

천Lee는 한나의 눈빛이 흔들리는 게 느껴져 얼른 아무렇지 도 않은 듯 말을 이었다.

"하하하, 이제 나는 그럴 수 없으니 한나가 가지고 있다가 보 여줘야겠다."

한나는 다른 때처럼 왜 그런 소리를 하느냐고 펄쩍 뛰지 않았 다. 대신 천Lee의 발을 꼭꼭 주무르며 화제를 돌렸다. 해미가 선생님 슬리퍼 하나 샀다고 하네요. 기분 좋아지시라고. 그런데 이번엔 색깔이 '이쁜유치핑크'라네요. 천Lee는 이쁜유치핑크? 하고 되물으며 깔깔깔 웃었다. 그 표현이 해미다웠다. 해미는 색 깔을 이야기할 때면 종종 그런 식으로 말했다. '힘없는방구갈 색'이 마음에 안 들어. '배부른들쥐회색'은 지저분해 보여. '미운 오리새끼화이트'라서 용서해줄게. '깊게멍든블루'는 부담스럽지 않아? 그래도 나는 '새콤달콤연두'가 좋아.

부끄러움

다시 울(鬱)이 온 듯, 천Lee는 조금 전까지 깔깔거렸던 자신 이 믿어지지 않았다. 어느 순간이 전환점이 되어 감정 변화가 일어난 건지도 알 수 없었다. 이불을 머리까지 쓰고 이런저런 생각을 하며 키득거리다가 주사 맞을 시간입니다, 하는 간호사의 소리에 간신히 웃음을 멈췄다. 그러곤 링거에 약이 투입되는 사이 맞은편 벽에 걸어놓은 엉겅퀴꽃 그림을 망연히 올려다보고 있었다. 그런데 아무런 이유도 없이 등줄기가 뻐근해지기 시작했다. 점차 움직임이 둔탁해지며 가슴 부위와 옆구리에서도 통증이 일었다. 왜 이럴까, 하는 생각과 함께 천Lee는 갑자기 기분이 가라앉았다. 흙탕물이 척추를 타고 올라와 뇌막으로 스며든 듯 뭔가 불쾌했다. 한나와 간호사가 무슨 말인가를 주고받고 있었는데, 그것이 아주 못마땅했다.

보이지 않는 벽에 갇혀 있는 기분이었다.

한나가 간호사와 함께 벽 저쪽에서 자신을 감시하고 있는 것 같았다. 그러면서 천Lee 자신은 철저하게 배제당하고 있는 느낌. 천Lee는 마음이 상했다. 주변을 두리번거리며 힐끔힐끔 한나를 살폈다. 한나는 주로 고개를 끄덕이고 있었고, 간호사가 뭔가를 열심히 말하고 있었다. 천Lee는 저 간호사가 문제라는 생각이 들었다. 잠시 뒤 간호사가 가까이 다가오자 눈길을 돌려

버렸다. 간호사가 이것저것을 묻자 단 한마디도 대답하지 않았다. 성가시다는 표정을 지은 채 속으로만 이기죽거렸다.

"안녕하세요?"

너라면 안녕하겠니?

"뭐 도와드릴 일이라도 있으세요?"

네가 여기서 나가주는 게 도와주는 거야.

"크게 불편한 데는 없으시죠?"

가당찮은 소리, 크게 불편하다는 게 뭔데?

"어디가 간지럽지는 않으세요?"

쳇, 네가 뭘 알겠어.

잠시 뒤 간호사가 조금 당황한 기색을 보이며 병실을 나갔다.

곧이어 한나가 가까이 다가오자 천Lee는 싸늘하게 말했다.

"나에 관한 일은 반드시 내가 먼저 알아야 해. 누구도 나를 대신할 순 없다는 거 알지?"

천Lee의 마음을 헤아리려는 듯 가만히 쳐다보던 한나가 한껏 부드럽게 말했다.

"선생님, 진통제가 맞지 않아 바꿨답니다. 이제 옆구리 통증 없이 편안하게 주무실 수 있을 거예요. 식사는 내일부터 유동식으로 시작한답니다."

"정말 그런 이야기를 나눈 거야?"

"네, 식사를 하게 되어 얼마나 다행이에요. 얼른 기운 내서 퇴원하셔야지요."

"그럼, 퇴원해야지. 그런데 왜 나는 자꾸 모두가 나를 속이고 있는 것 같을까?"

"저도 선생님과 똑같은 생각이에요. 선생님에 관한 일은 누구보다 선생님께서 먼저 아셔야지요. 그리고 또 선생님을 속일 일이 뭐가 있겠어요?"

"그럼, 그래야지. 나는 간호사들이 귓속말을 하는 게 영 마음에 안 들어."

"이제부터는 못하게 할게요."

"황 화백 말이야, 그 사람도 자기가 암인 것도 모르고 수술받다가 죽었잖아."

"네, 그렇게 가족들과 작별할 틈도 없이 돌아가셨다지요?"

"알았다면, 가족들에게 농담으로라도 자기의 마음을 전했을 거야. 당사자를 위한답시고 말을 안 하는 건 오히려 잔인한 일이라고. 정말 한나는 나한테 거짓말하는 거 없어야 해."

"네, 선생님. 잘 알고 있어요."

천Lee는 한나의 눈을 똑바로 들여다보았다. 한결같은 눈빛이었다. 비로소 참으로 애를 쓴다는 생각이 들었다. 잠시나마 한나를 의심한 것이 미안했다. 또한 자신이 점점 더 알 수 없는 감정에 휘둘리는 것이 느껴져 두려웠다. 천Lee는 잠시 눈을 감고 있다가 길게 한숨을 내쉬며 다시 눈을 떴다. 그러곤 고개를 내저으며 작게 중얼거렸다.

"나도 별수 없는 인간인가 봐."

"왜 그런 말씀을 하세요?"

"한나를 의심하다니 말이야."

"아니에요."

"내 마음 잘 알지? 내가 어떻게 죽고 싶어하는지도 잘 알지?"

한나는 고개를 끄덕였다. 천Lee는 다시 말했다.

"나는 평온하게, 아주 평화롭게 죽고 싶어."

"무슨 말씀인지 알아요."

"그러려면 나에게 무슨 일이 일어나고 있는지 알아야 해. 그래야지 그것을 받아들이고, 화해하면서 평온하게 죽음을 맞이할 수 있지."

정말 그럴 수 있을까. 천Lee는 그렇게 말을 하면서도 자신감은 없었다. 천Lee 스스로가 봐도 이미 감정이 마음대로 통제되지 않는 상태였다. 천Lee는 근심에 쌓여 속으로 중얼거렸다. 통증은 참을 수 있는데, 헐렁해진 옷 속의 작아진 몸피도, 꼬챙이처럼 가늘어진 다리도, 두개골이 드러나는 퀭한 얼굴도 다 참을 수 있는데, 나 천Lee가 괴팍하고 고약한 노인처럼 변하고 있다는 사실은 정말 참을 수 없어. 이걸 어쩌나.

외로운 짐승

기분은 조금 나아진 듯했다. 그러나 약 기운 탓인지 나른했다. 갑자기 어딘가로 빠져들 것같이 의식도 몽롱했다. 천Lee는 엉겅퀴꽃 그림을 그저 멍하니 바라보고 있었다. 그러자 왠지 기시감이 일었다. 아까와 똑같은 느낌일까? 천Lee는 한나에게 엉겅퀴꽃 그림을 떼어 가까이 가지고 오라고 했다. 그것을 침대 오른쪽 벽에 기대놓았다. 그러곤 그림을 향해 모로 누웠다. 팔을 뻗어 다시 그림 위로 손끝을 대보았다. 역시 따끔거렸다. 아까와 달리 통증이 심하게 느껴졌다. 화들짝 손을 떼어내자 하얀 꽃송이 위에 군데군데 핏물이 배어 있었다. 천Lee는 스스로에

게 속삭였다. 놀랄 거 없어, 이것도 환각이야. 또다시 그림 위에 손을 올렸다. 손끝이 가시에 찔려 툭툭 터지는 느낌. 천Lee는 꾹 참고 힘을 주어 지그시 누르며 다시 한 번 스스로에게 속삭였다. 겁먹을 것 없다고, 환각일 뿐이라고. 천Lee는 핑거페인팅을 하듯 손가락에서 흘러나오는 붉은 핏물로 하얀 꽃송이를 덧칠하기 시작했다. 잠시 뒤 화폭에는 하얀 '엉겅퀴꽃'이 붉게 물들어 담겨 있었다. 붉은 엉겅퀴는 어디선가 불어오는 바람에 흔들리며 천Lee의 마음까지 흔들어대고 있었다.

흔들흔들, 절로 아버지가 떠올랐다.

아버지는 붉은 엉겅퀴가 피어 있는 들판에 서서 한동안 발길을 떼지 못하고 있었다. 어머니는 그런 아버지에게, 여기는 내가 있으니 아무 걱정 말고 어서 가라고 손을 저으며 밝게 웃어 보였다. 천Lee는 그런 어머니 곁에 서서 망연히 아버지를 바라보았다. 그것이 아버지의 마지막 모습이 될 거라는 걸 상상도 못하면서. 천Lee는 늘 생각했었다. 아버지는 어디로 사라진 걸까. 경찰의 추측대로 폭발한 열차 안에 타고 있었던 걸까. 정말로 사람의 몸이 갈기갈기 찢겨 흔적도 없이 사라질 수 있는 걸

윤후명, 엉겅퀴 14. 종이에 아크릴릭 45.5×38cm 2008

까. 천Lee는 지금이라면 살점 한 조각, 피 한 방울만으로도 신원을 파악할 수 있을 텐데, 하는 아쉬움에 한숨이 나왔다.

또한 그 붉은 엉겅퀴가 피어 있는 들판을 밤마다 맨발로 헤매고 다니던 어머니의 모습이 떠올라 가슴이 먹먹했다. 그런 어머니를 충분히 보듬어주지 못했다는 자책에 눈물이 흘렀다. 어머니가 외로운 짐승 같았다는 생각이 들어 더욱 슬펐다. 천Lee는 입을 크게 벌리고 어머니, 어머니! 하고 불러보았다. 그러나 아우어우어, 하고 짐승의 소리처럼 흘러나왔다. 천Lee는 왠지 자신도 외로운 짐승이 된 것 같았다. 걷잡을 수 없이 익숙한 충동에 휩싸였다. 이 북받치는 감정을 그림으로 표현하고 싶었다. 자신의 손을 들여다보았다. 절로 붓이 들려 있었다. 천Lee는 침대에서 내려서려는 생각을 하자마자 어느새 캔버스 앞에 서 있는 자신을 발견했다. 환각이라도 상관없었다. 붓을 높이 치켜들고 떠오른 구상에 집중했다.

외로운 짐승이 눈물을 흘리고 서 있다.

두 눈이 메마르고 갈라져 더 이상 붉은 눈물이 나오지 않을 때에야 외로운 짐승은 비로소 가슴속에 작은 씨앗 하나를 품는다. 씨앗은 점점 자라나 싹이 되고 잎이 되어 짐승의 살가죽을 뚫고 나온다. 차츰 짐승의 윤곽을 무너뜨리고 멀리멀리 줄기를 뻗는다. 굽이굽이 허공을 가르고 어둠을 가르고 길이 없는 길을 놓는다. 그 길을 잃지 않기 위해 또 하나의 외로운 짐승은 네 다리를 움직인다. 길을 달리고 또 달린다. 잔잔한 호수를 건너고, 작은 숲을 지난다. 잎이 다 떨어져버린 나무들을 지나쳐, 잎이 하나 남은 나무들을 지나쳐, 잎이 스무 개 남은 나무들을 지나쳐, 잎이 무성한 나무들을 지나쳐, 또다시 숲을 지나고 산을 넘는다. 하얀 달빛이 비치는 절벽에 이르러 하늘을 올려다본다. 그리고 마지막 힘을 다해 짐승의 노래를 부른다. 아우어우어. 노랫소리는 메아리가 되어 산을 넘고 숲을 지나, 잎이 무성한 나무들을 지나, 잎이 스무 개 남은 나무들을 지나, 잎이 두 개 남은 나무들을 지나, 잎이 다 떨어져버린 나무들을 지나, 또다시 작은 숲을 지나, 잔잔한 호수를 건넌다. 어둠을 지나 강물을 거스르고, 협곡의 바위에 부딪히고, 난기류에 소용돌이쳐 마침내 천 겹의 겹을 뚫고 나온다. 그리하여 거기에서 드러난 마티에르! 외로운 짐승은 붉은 엉겅퀴와 마주 서 있다. 이제 외로운 짐승인 천Lee는, 붉은 엉겅퀴인 아버지에게, 하얀 '엉겅퀴꽃'

인 엄마에 대해 말한다.

　외로운 짐승은 하얀 엉겅퀴꽃을 아느냐고 묻는다.

　붉은 엉겅퀴는 하얀 엉겅퀴는 어디에나 있다고 말한다.

　외로운 짐승은 하얀 엉겅퀴는 어디에나 있지만 하얀 '엉겅퀴

꽃'은 특별한 거라고 말한다.

　붉은 엉겅퀴는 왜 자신에게 그런 걸 묻는지 모르겠다고 말한

다.

　외로운 짐승은 당신을 용서해야 하기 때문이라고 말한다.

　붉은 엉겅퀴는 누구나 용서받을 일은 있다고 말한다.

　외로운 짐승은 그럴 거라고 말한다.

　붉은 엉겅퀴는 짐승의 말투가 누군가와 닮았다고 말한다.

　외로운 짐승은 그럴 거라고, 잘 생각해보라고 말한다.

　붉은 엉겅퀴는 기억이 나지 않는다고 말한다.

　외로운 짐승은 '신'씨 성을 가진 여자를 잊었느냐고 묻는다.

　붉은 엉겅퀴는 기억이 나지 않는다고 말한다.

　그 지점에서, 천Lee는 붓을 집어던졌다. 그러곤 크게 소리쳤

다. 아니, 이게 아니야! 붉은 엉겅퀴가 '신'씨 성을 가진 여자를

윤후명, 엉겅퀴 2, 캔버스에 아크릴릭 53×45.5cm 2011

모른다고 하면서 푸른색으로 섞여들면 안 되는 거였다. 보랏빛 엉경퀴를 그리게 하다니! 그럴 바에는 처음부터 용서를 구했어야 했다. 생(生)과 사(死)를 넘나드는 하얀 엉경퀴꽃이 되어 어머니의 가슴속에서 고이 잠들었어야 했다. 아버지는 죽음을 똑똑히 확인할 수 있게 확실한 사체로 나타나 차라리 어머니를 천 겹의 낭떠러지로 밀어버렸어야 했다. 어머니에겐 기다림보다 차라리 죄책감이 나았다.

간절한 마음

기차를 탄 아버지가 화재로 인해 흔적도 없이 사라져버리자 어머니는 이성을 잃었다. 할머니도 이성을 잃었다. 저 노인이 내 남편을 죽였다고, 저 신가 년이 내 아들을 죽였다고 서로 마구 욕을 해댔다. 그렇게 이성을 잃은 어머니와 할머니를 견디지 못하고 오빠와 언니는 집을 떠났다. 대학을 가려면 도시에 있는 학교로 전학을 가는 게 좋겠다는 이유를 댔다. 그러나 천Lee는 이러지도 저러지도 못하고 움츠러들었다. 차마 아버지처럼 할 수 없었다. 자신도 훌훌 털어버리고 도시에 가서 그림 공부를 하고 싶었지만 숨을 죽이고 가만히 있었다. 그러곤 가슴이 답답

할 때면 마당 가득 그림을 그렸다. 흙바닥을 나뭇가지로 긋고 찌르고, 때론 움푹 파 웅덩이를 만든 뒤 물을 가득 채워놓고 그 것이 땅속으로 스며들 때까지 미동도 없이 앉아 있었다. 가끔은 동전만 한 구멍을 파놓고 그곳에 쏟아지는 코피를 받았다.

그 시절, 무엇 때문인지 천Lee는 코피가 자주 났다. 적어도 하루에 한 번은 그랬다. 누군가 불러서 갑자기 돌아볼 때나, 눕거나 앉아 있다가 급하게 몸을 일으킬 때는 어김없이 코피가 주룩 흘러내렸다. 그러나 천Lee는 단 한 번도 코피를 멈추려 하지 않았다. 오히려 흙바닥 위에 한 방울 한 방울 떨어뜨리며 그 스며들고 퍼져나가는 무늬를 들여다보았다. 그러면서 점점 넓게 그림을 그려나갔다. 천Lee는 그 이상 짜릿하고 재밌는 일이 없었다. 코피가 나지 않을 때는 억지로라도 고개를 획획 돌리고, 마구 달려가다가 우뚝 멈춰 서고, 잔뜩 웅크리고 있다가 갑자기 악 하고 소리를 지르며 하늘을 올려다보곤 했다. 그러면 코피가 났고, 그 코피가 빨리 멈추지 않기를 간절히 바라며 흙바닥 위를 붉게 물들였다. 그 짓을 어지러워 쓰러질 때까지 했다.

왜 그랬는지는 알 수 없었다. 천Lee는 붉은 피가 흙으로 스며

드는 그 느낌이 좋았다. 그 느낌에 매료당해 한동안 빠져 있으면 복잡한 마음이 가라앉고 편안해졌다. 그렇게 스스로를 다스리며 어머니가 부르면 어머니에게 갔고, 할머니가 부르면 할머니에게 갔다. 그래도 가끔씩 걷잡을 수 없이 화가 치밀면 방문을 걸어잠갔다. 아무것도 먹지 않고, 학교에도 가지 않고 며칠씩 처박혀 있었다. 그러다 보면 잠시 정신을 차린 어머니가 밥상을 들고 방문을 두드렸다. 머리에 하얀 끈을 질끈 묶고 방에만 누워 있던 할머니도 마루에 나와 앉아 천이야, 천이야, 하고 불렀다. 그러나 그것도 그뿐이었다. 천Lee가 화를 누그러뜨리고 문밖으로 나가면 어머니와 할머니는 또다시 서로의 가슴을 후벼파는 말을 해댔다. 어머니와 할머니는 그렇게 서로에게 독한 기운을 심어주며 서로를 버티게 하는 것 같았다.

다행인지 불행인지, 할머니의 장독대는 질기게 지켜졌다. 어머니는 아버지의 죽음을 인정하지 않았기에, 할머니는 '장(醬)은 장(將)이다' 하는 자신의 인생관을 부정할 수 없었기에 더욱 장독대에 매달렸다. 특히 어머니는 장독대에 제단 같은 것까지 만들어놓았다. 해가 지면 하얀 사기그릇에 물을 받아놓고 무언가에 대해 빌고 또 빌었다. 그렇게 빌고 또 비는 일은 어머니가

윤후명. 어머니와 나. 캔버스에 혼합재료 84.2×72.5cm 2009

생을 마칠 때까지 이어졌다. 그것이 대학까지 나온 사람이 할 짓이 아니라는 생각에 천Lee는 어리둥절했다. 그러나 곧 얼마나 간절한 마음이면 저럴까, 이해가 되었다. 처음엔 아버지가 무사히 돌아오길 바라며 빌었을 것이었다. 그리고 언니와 오빠를 위해, 무엇보다 천Lee를 위해 무릎이 꺾이도록 절을 하며 빌고 또 빌었을 것이었다. 다 가족을 위해. 어쩌면 자꾸만 무릎이 꺾이는 자신을 일으켜 세우는 것일 수도.

천Lee는 장독대가 무너지면 어머니와 할머니도 무너진다는 것을 알고 있었다. 때문에 어린 마음에도 자신이 가업을 이어 장독대를 지켜야 할 것 같았다. 별수 없었다. 장을 담그면서도 그림을 그릴 수 있을 거라고 스스로를 달래며 마음을 다잡았다. 그러곤 장 담그는 일도, 장독대를 관리하는 일도 열심히 도왔다. 볕이 좋은 날은 알아서 장 뚜껑을 열었고, 산골짜기를 따라 바람꽃이 피어오르는 날은 비가 올 것을 예감하며 알아서 장 뚜껑을 덮었다. 할머니는 그런 천Lee를 보며 그나마 다행이라고 여기는 눈치였다. 천Lee가 그림을 그리고 있어도 예전처럼 굴지 않았다. 네 아빠를 잡아먹은 게 그 그림인 걸 모르느냐고 펄쩍펄쩍 뛰지 않았다. 그러나 여전히 한마디씩 했다. 집어치워라! 반면에 어머니는 천Lee가 장독대에 얼씬거리면 할머니가 듣고 있어도 대놓고 소리쳤다. 이건 내가 할 테니 넌 가서 네가 하고 싶은 거 해. 그림을 그리라는 거였다.

그래도 여름이 되어 붉은 엉겅퀴가 피어나면 어머니는 실성한 사람 같았다. 낮에는 멀쩡하게 지내다가 밤이 되면 맨발로 뛰쳐나갔다. 아버지가 마지막으로 서 있던 들판을 밤새 헤매고 다녔다. 새벽이 되어 집으로 돌아온 어머니의 발은 피투성이가 되어 있었다. 천Lee는 어머니가 신발만 신고 나가면 더 이상 바랄 게 없을 것 같았다. 그러나 어머니가 왜 그러는지 알기에 아무 말도 하지 못했다. 천Lee도 가끔 그럴 때가 있었다. 뭔가 마음의 짐이 생기면 어쩔 줄 모르고 쩔쩔매다가 아무도 없는 곳으로 숨어들었다. 그러곤 날카로운 뭔가를 집어들었다. 팔소매를 걷어올려 살갗에 천천히 두세 줄의 상처를 내면서 그 아픔을 고스란히 느끼고 참아냈다. 그러고 나면 달게 벌을 받은 것 같아 속이 후련했다.

그런 상황에서도 장맛이 변하지 않은 건 참 신기한 일이야. 천Lee는 한나의 도움으로 똑바로 누우면서 중얼거렸다. 무슨 말인지 알아듣지 못한 한나는 네? 하고 귀를 기울였다. 한나의 그 네? 하는 소리가 마치 막혔던 곳이 뻥 뚫리듯 너무나 크고 리얼하게 천Lee를 덮쳤다. 때문에 천Lee는 퍼뜩, 현실로 빠져나왔다. 그렇게 정신이 멀쩡해지자 자신이 환각으로 자꾸만 이상행동을 보여 한나가 힘들겠다는 생각이 먼저 들었다. 애써 미소를 지으며 한나에게 물었다.

"한나가 너무 고생하는 거 같아. 간병인을 둘까?"

천Lee는 내심 간병인이 필요 없다는 말을 한나가 해주길 바랐다. 그러나 한나의 대답은 조금 달랐다.

"선생님, 제가 다 알아서 할게요. 그런 거 신경 쓰지 마시고 얼른 기운이나 차리세요."

간병인을 두고 싶다는 건지, 아닌지. 천Lee는 한나를 멀뚱히 쳐다보았다. 다시금 급격하게 기분이 상했다. 어린아이처럼 이게 무슨 짓인가 하면서도 얼굴이 시무룩해졌다. 그러자 한나가 재빨리 다시 말했다.

"선생님, 제가 있는데 무슨 간병인이 필요해요?"

"그런가?"

"선생님이 아무리 쫓아내도 전 선생님 곁에 있을 거예요."

천Lee는 그제야 마음이 편해졌다. 그러자 또다시 감정에 휘둘린 자신이 느껴졌다. 이렇게 마음이 이랬다저랬다 하니 간호사들이 어린아이 취급을 하는 거라는 생각이 들었다. 쉽게 잠이 오지 않았다. 게다가 어머니까지 떠올라 잠을 이룰 수 없었다.

그랬다. 어렸을 적의 천Lee부터, 십 대의 천Lee, 이십 대의 천Lee, 삼십 대의 천Lee, 사십 대의 천Lee에 이르기까지 천Lee는 어머니의 마음을 한 번도 편안하게 해준 적이 없었다. 철없는 시절엔 함부로 대했고, 십 대엔 툭하면 자해(自害)를 해서 근심을 안겨주었고, 이십 대엔 무모한 사랑에 빠져 절망감을 안겨주었다. 그리고 그 뒤엔 이십 년 가까이 외국에 머물러 있어 살갑게 정을 나눈 적이 없었다. 사십 대가 되어 외국에서 돌아온 뒤에도 너무 바빴다. 아니, 솔직히 말하자면 천Lee는 특별히 어머니와 함께 나눌 수 있는 이야기가 없었다. 그 당시 천Lee에게는 사람들이 두 부류로 보였다. 자신이 하는 일에 연관이 있는 사람들과 그렇지 않은 사람들, 생산적인 사람들과 소비적인 사람들. 그러니까 일이 많아 노닥거릴 시간이 없는 천Lee에겐 어머니와의 시간이 소모전이 될 뿐이었다. 그러나 어머니는 세상을 떠나는 날까지 아무런 불평을 하지 않았다. 오히려 천Lee가 신경을 쓸까 봐 조심스러워했다. 묵묵히 장독대에 앉아 치성만 올렸다. 의식을 잃은 할머니가 느닷없이 일어나 아버지의 이름을 세 번 부른 뒤 눈을 부릅뜨고 생을 마감한 뒤에도 장독대를 지키며 한자리에 머물러 있었듯이, 죽는 날까지 의연하게 장독대를 지켰다. 천Lee가 힘에 부쳐 뒤돌아볼 때 누구보다 든든한 버팀목이 되어주기 위해서였다.

상생

어머니가 없으면 나도 없었어, 하는 생각을 하며 천Lee는 눈을 감았다. 또다시 열이 나는지 온몸에서 징, 하는 금속성 소리가 울리는 것 같았다. 어지러웠다. 몸을 움직이면 진공 포장 용기에 담긴 것처럼 멍했고, 한나의 인기척이 아득하게 멀어졌다. 한나는 책장을 넘기며 앉아 있다가 가끔씩 일어나 천Lee의 발을 만져주었다. 천Lee는 그 손길이 좋았다. 최고의 마사지숍에서 케어를 받는다고 해도 이보다 좋을 순 없었다. 마법에 걸린 듯 가슴까지 뭉클했다. 밤새 엉겅퀴 들판을 헤매다 돌아온 어머니의 피투성이가 된 발도 이렇게 만져주었어야 했다는 회한도 일었다.

마침내 할머니가 쓰러지자 많은 것이 달라졌다.

어머니는 이 순간을 기다렸다는 듯 천Lee에게 말했다. 당장 서울로 가서 정식으로 그림 공부를 하고 번듯한 미술대학에 들어가라고. 유학도 보내줄 터이니 꿈을 향해 마음껏 날아오르라고. 아버지를 대신해 반드시 훌륭한 화가가 되어 어머니 자신의 삶에도 보답을 해달라고. 천Lee는 어머니를 남겨두고 집을 떠나는 것이 마음에 걸렸지만 별수 없었다. 어머니의 표정이 단호했고, 어느덧 자신도 어머니를 자주 보러오면 될 게 아니냐고 스스로에게 속삭이고 있었다. 그러나 어머니는 유명한 화가가 되기 전에는 마음 편히 집에 올 생각을 하지 말라고 했다. 천Lee가 대학생이 되고서도 쓸데없이 오갈 것 없다고 냉정하게 말했다. 여름방학이 되어서야 할머니가 돌아가셨으니 한번 다녀가라고 허락했다. 그것도 장례식이 끝나고 할머니의 시신까지 화장을 한 뒤였다.

천Lee는 어머니에게 어떻게 그럴 수가 있느냐고 묻지 않았다. 왠지 그것을 따질 만큼 할머니의 죽음이 슬프게 다가오지 않았다. 그보다는 오히려 케이가 학생들과 어울려 시위 대열에

앞장섰다가 구속된 사실이 더 마음이 쓰였다. 때문에 천Lee는 할머니의 골분(骨粉)이 흙으로 덮일 때에도, 사람들이 애도의 눈물을 흘릴 때에도 고개를 빳빳이 쳐들고 케이를 걱정하고 있었다. 그런데 그런 모습이 민망스러웠는지 먼 친척이라는 여자 하나가 뒤에서 자꾸만 천Lee의 머리를 손으로 찍어 눌렀다. 그럴 때마다 천Lee는 머리를 더 수그리고 애써 슬픈 표정을 지었다. 속으론 기분이 나쁘기는 했지만. 여자는 어머니가 대놓고 눈을 흘기자 그 짓을 그만두었다.

뒤에서 머리를 눌러대던 여자의 모습을 떠올리며 천Lee는 피식, 웃었다. 요즘이라면 무턱 수술을 해야 할 만큼 턱이 빈약한 여자는 깔깔깔 웃다가도 누군가 울음을 터뜨리면 갑자기 하이톤으로 더 크게 곡을 해댔다. 그러곤 상대가 울음을 그치면 동시에 곡소리를 뚝 그치고 수다를 떨거나 음식을 먹었다. 마치 스위치를 누르면 곡소리를 내는 성능 좋은 기계 같았다. 높은 레, 미, 파 음으로 소프라노 가수처럼 아이고오오오오, 하던 여자의 곡소리가 아직도 귀에 생생했다. 천Lee는 여자의 곡소리를 흉내 내보았다. 아이고오오오. 푸하, 웃음이 터졌다. 기분이 조금 나아지는 듯했다. 사는 것도, 죽는 것도 여자의 곡소리처럼 단순한 그 무엇이었으면 좋겠다는 생각이 들었다.

한나가 여전히 발을 주무르고 있었다. 천Lee는 눈을 뜨고 천장을 바라보았다. 덩굴식물이 돋을새김으로 사방무늬를 이루고 있었다. 천Lee는 무늬를 따라 한 방향으로 시선을 옮기며 생각했다. 아무리 그래도 내가 미쳤지. 그때는 어떻게 할머니의 죽음보다 케이에게 더 마음이 쓰였는지 몰라. 그 사실을 어머니가 알았다면 어땠을까? 아마 무척 실망했을 거야. 이건 어머니가 할머니를 경계하는 것과는 다른 이야기거든. 아니야, 어쩌면 어머니는 그 또한 상생이라고 받아들였을지도 몰라. 할머니가 떠난 비워진 자리에 채워진 상생 말이야.

소화

사실, 할머니는 화장을 원치 않았다. 그러나 자신의 뜻과 달리 골분으로 남겨졌다. 뒷산 잣나무 아래에 수목장(樹木葬)으로 묻혔다. 어머니의 뜻이었다. 천Lee를 비롯한 자신의 자식들이 이제는 그 어떤 것에도 얽매이지 않게 하려는. 어쨌든 오빠와 언니는 수목장을 마치자마자 도망치듯 가버렸다. 어머니를 따라 집으로 들어선 천Lee는 먼저 동쪽 뒤꼍으로 갔다. 오랜만에 장독대 앞에 서자 감회가 새로웠다. 장독들을 하나하나 손으로 쓰다듬다가 별생각 없이 중두리의 장독 하나를 열어보았다. 그런데 거기, 재래장 속에 무언가 가득 박혀 있었다.

아, 그것은 곤드레나물이라고 불리는 엉겅퀴였다.

천Lee는 직감적으로 장독대가 예전과 달라진 것을 눈치챘다. 그렇다면 어머니도 달라진 거였다. 천Lee는 장독대의 모든 장독을 열어보았다. 확실히 예전과 달랐다. 예전엔 온갖 장으로만 채워져 있었는데 이젠 새로운 이야기가 담겨 있었다. 일 년 사이 천Lee가 몰라보게 변했듯, 할머니의 장독대도 어머니의 장독대로 변한 것이었다. 천Lee는 중두리의 묵은장 속에 박혀 있는 엉겅퀴 한 조각을 꺼내 입안에 넣고 울컥, 치미는 뜨거운 기운과 함께 삼켰다. 어머니에 대한 생각 때문만은 아니었다. 어쩌면 케이에 대한 생각이 더 컸을지도.

어쨌든 천Lee는 어머니가 아버지의 죽음에서 한 걸음 물러난 느낌이었다. 고마운 일이었다. 그래도 한동안 가슴이 먹먹했다. 해가 지고 잠자리에 들 때에야 어머니를 똑바로 쳐다볼 수 있었다. 어머니는 눈빛부터 달라 보였다. 천Lee는 어머니의 발을 슬쩍 훔쳐보았다. 역시 깨끗했다. 매년 유월이면 피투성이가 되어 있던 발인데……. 천Lee는 또다시 울컥, 했다. 어머니를 부둥켜안고 엉엉 소리 내어 울고 싶었지만 꼭 참았다. 목구멍을 타고 올라오는 울음을 어깨를 들썩이며 도로 삼켰다. 그때 어머니가 천Lee의 표정을 살피며 물었다.

"무슨 걱정이라도 있니?"

"아니."

"그런데 왜 그래?"

"아무 일도 없어. 엄마는 어때?"

"나야 뭐, 늘 그렇지."

"외롭지 않아?"

"외롭긴, 얼마나 할 일이 많은데."

"다행이야."

"넌, 외롭니?"

"아니."

"학교생활은 어때?"

"좋아."

"엄마 걱정하지 말고 네 앞길만 생각해."

천Lee는 대답 대신 고개를 끄덕였다. 어머니와 묵은장 속에 박힌 엉겅퀴 이야기를 하고 싶었지만 더 이상 말을 잇지 않았다. 대신 엉겅퀴를 장 속에 박기 시작한 어머니의 마음을 헤아려보았다. 머리가 복잡했다. 그냥 단순하게 생각하기로 했다. 엉겅퀴의 질긴 생명력처럼 어머니도 바닥을 치고 이제 새롭게 살아남기를 시작한 것이라고. 그러니까 엉겅퀴에 아버지를 담아 장 속에 박아 삭힌 뒤 꼭꼭 씹어 삼켜 소화를 시키고 있는 거라고. 머지않아 할머니까지 담아 먹고, 나에게도 먹일 거라고. 나 역시 언젠가는 어머니가 건네준 그것에 케이를 담아 꼭꼭 씹어 삼킬 거라고. 그것이 어쩔 수 없는 인생이라고.

혼합재료

한나가 하얀 엉겅퀴 그림을 다시 벽에 걸었다. 그러곤 노크 소리가 나자 네, 하고 상냥하게 대답했다. 한나의 대답과 동시에 병실 문이 열리는 소리가 들렸다. 뚜벅뚜벅 남자 구두 소리에 타닥타닥 이어지는 여자 서넛의 플랫슈즈 소리였다. 천Lee

는 주치의가 회진 온 것임을 알 수 있었다. 그래서 재빨리 눈을 감아버렸다. 주치의는 오늘도 손가락을 펼쳐 흔들며 몇 개냐고 물어볼 것이었다. 눈을 깜빡여봐라, 오른팔을 들어봐라, 왼손을 올려봐라, 고개만 끄덕이지 말고 소리를 내어 대답해봐라, 하고 귀찮게 굴 것이었다. 그 과정에서 조금만 밝은 미소를 지어 보이면 엄청나게 호전된 것처럼 떠들어댈 것이었다. 천Lee는 생각할수록 마땅찮았다. 일부러 얼굴을 잔뜩 찌푸렸다. 그러자 주치의가 한나에게 물었다. 기분이 좋지 않으신 것 같네요? 한나가 대답했다. 잠을 깊게 주무시지 못했어요. 주치의가 다시 말했다. 패치는 조금 더 붙이고, 수면제를 바꿔드리지요. 쳇, 겨우 한다는 말이 그것뿐이라니. 천Lee는 벽 쪽으로 돌아누웠다.

눈을 꼭 감은 채 주치의가 떠들든 말든 언젠가 '바람을 향해서'와 관련하여 쓴 원고 한 부분을 떠올려보았다. 차라리 그 편이 치료에 도움이 될 것 같았다. 《식물사랑》이라는 어린이 잡지에 실린 글로 엉겅퀴의 생명력에 관한 내용이었다.

13세기 덴마크와 스코틀랜드 사이에 전쟁이 터졌습니다. 덴마크는 거세게 몰아붙여 스코틀랜드의 성을 포위했습니다.

이제 덴마크는 스코틀랜드 병사들이 잠든 사이 몰래 성벽을 넘어들어가 공격을 하기로 작전을 세웠습니다. 이른 새벽, 드디어 덴마크 병사들이 군화를 벗고 성 가까이 다가갔습니다. 그런데 성 주변의 물웅덩이가 모두 바싹 말라 있었습니다. 게다가 발밑은 온통 엉겅퀴밭이었습니다. 엉겅퀴를 밟은 맨발의 덴마크 병사들은 아픔을 견디지 못하고 비명을 질렀습니다. 스코틀랜드 군사들은 이 틈을 놓치지 않고 총공격하여 승리를 거뒀습니다. 그래서 '나라를 구한 꽃'이 된 엉겅퀴가 스코틀랜드의 상징이랍니다. 우리나라에서는 피를 멈추고 엉기게 한다고 하여 엉겅퀴라고 부르고 있습니다.

어머니는 본격적으로 엉겅퀴를 연구하고, 그에 대한 자료를 만들기 시작했다. 허준의 《동의보감》 본초에 적힌 '음력 오월에 금방 돋아난 잎을 뜯고 구월에 뿌리를 캐 그늘에서 말린다'대로 하더니 어느 날, 천Lee에게 가루가 든 병 하나를 내밀었다. 그리고 쪽지도 건네주었다. 쪽지엔 엉겅퀴 씨를 차로 끓여 마시는 법이 적혀 있었다. '맥주잔으로 한 잔 정도의 끓는 물에 잘게 부순 엉겅퀴 씨를 한 찻숟갈 넣는다. 그리고 10~15분간 뚜껑을 덮고 우려낸 뒤 식사 30분 전과 잠자기 30분 전에 뜨거운 상태

윤후명, 엉겅퀴와 포탄 파편. 나무판에 혼합재료 45.5×38cm 2008

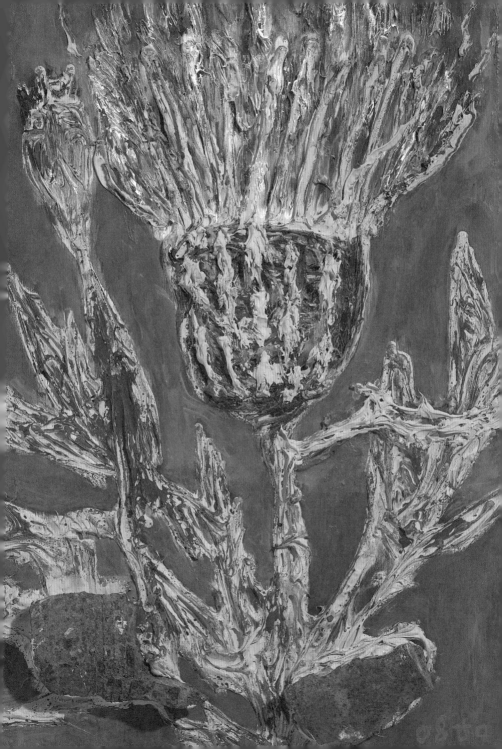

에서 마신다. 페퍼민트 차를 혼합하면 맛뿐만 아니라, 약효의 상승을 기대할 수 있다.'

천Lee는 어머니가 건네준 쪽지대로 끓인 차를 마신 뒤부터 해마다 봄이 되면 도지는 기침이 사라진 걸 기억해냈다. 또한 비위가 약해 기분만 나빠도 구토가 일던 증상이 깨끗이 사라진 것도 기억해냈다. 그러곤 잠시 뒤, 구석구석까지 모노크롬의 진 흙만으로 백(Back)을 채운 캔버스 하나를 떠올려 마음속에 세웠다. 곧이어 그 위에 빠르고 거친 붓 터치로 분홍 꽃 엉겅퀴 하나를 그려넣었다. 마지막으로 뿌리 쪽 잎사귀를 그린 뒤, 그 아랫부분에 덴마크 병사들이 쏘았을 것 같은 포탄 파편을 그려넣었다. 제목을 아예 대놓고 '나의 생명력'이라고 붙여야겠다고 생각하며 눈을 떴다. 그런데 이상했다. 눈이 떠지지 않고 어디선가 머리를 눌러대던 먼 친척 여자의 곡소리가 반복해서 들려왔다. 아이고오오오오, 아이고오오오오……. 천Lee는 고개를 내저으며 손으로 두 눈을 마구 비볐다. 그때 한나의 목소리가 들려왔다.

한나가 선생님, 하고 부르며 팔을 흔들고 있었다.

"많이 안 좋으세요?"

"……."

"답답하시면 창문을 좀 열까요?"

"……."

"선생님, 제 말이 안 들리세요?"

천Lee는 아무런 대답 없이 한나를 멀뚱히 쳐다보다가 엉뚱한 소리를 해버렸다.

"예전엔 사람이 죽으면 아이고, 하고 합창하듯 곡을 했잖아. 요즘도 그래?"

"요즘엔 잘 모르겠어요. 그런데 그건 왜요?"

"그 곡소리를 아주 잘하는 여자가 있어서."

한나는 무슨 소리를 하는지 모르겠다는 표정을 지었다. 그러나 천Lee는 문득 자신의 주검 앞에서도 누군가 여자처럼 코미디 같은 곡소리를 내줬으면 좋겠다는 생각을 했다. 그러면 한결 가벼운 마음으로 죽음을 받아들일 수 있을 것 같았다.

3

무모한, 무모하지 않은

아침부터 컨디션이 좋았다. 믿을 수 없을 만큼 정신도 또렷했다. 천Lee는 창가에 기대서서 저 멀리 바깥 풍경을 눈에 담았다. 빨간 우체통이 보였다. 그 앞에 깜빡이를 켜고 서 있는 하얀 자동차도 보였다. 짧은 교복치마 밑으로 맨다리를 허옇게 드러낸 세 명의 여학생이 깔깔거리며 무단횡단을 했고, 노란 가방을 멘 유치원생은 세 번이나 뒤를 돌아보며 제 엄마에게 손을 흔든 뒤 파란 건물 안으로 뛰어들어갔다. 감색 트레이닝복을 입은 노인은 느릿느릿 뒤로 걷기를 하고 있었다. 천Lee는 병원 공원 쪽으로 시선을 옮기며 결심을 했다. 아무래도 오늘은 아들과 못다 한 이야기를 나눠야 할 것 같았다.

천Lee는 아들에게 병원으로 오라고 전화를 걸었다. 아들이 들어오자 한나에게 자리를 피해달라고 부탁했다. 그러곤 아들의 손을 잡고 이제는 너에게 말해줘야 할 거 같아서, 하고 이야기를 꺼냈다. 그러자 아들이 밝게 웃으며 엄마, 다 알고 있어요, 하고 천Lee의 말을 막았다. 아들은 남의 이야기를 하듯 말을 이었다. 케이 화백이 제 생부라는 걸 알려주려는 거죠? 천Lee 는 할 말을 잃었다. 언제부터 알고 있었느냐고 묻지도 못했다. 새삼 아들에게서 케이의 젊었을 적 모습이 느껴져 가슴이 저릿했다.

그 옛날, 아주 좁고 가파른 검은색 나무 계단이 있었다. 계단은 실험적인 작품세계를 펼치는 작가 한이 연출해놓은 자신의 화실 출입구였다. 천Lee와 케이는 그곳에서 처음 만나 돌이킬 수 없는 사이가 되어버렸다. 어느 봄날, 19세의 천Lee는 고개를 푹 숙이고 화실로 올라가고 있었다. 35세의 케이는 화실에서 나와 급하게 계단을 뛰어내리고 있었다. 천Lee는 생애 처음으로 그림을 배우러 가는 길이었고, 케이는 생애 처음으로 결혼 예복을 맞추러 가는 길이었다. 어쨌든 천Lee와 케이는 다섯 계단을 사이에 두고 멈춰 서서 서로를 바라보았다. 그리고 일 초, 이 초, 삼 초가량 서로의 시선을 놓지 못했다. 그러는 사이, 두 사람의 영혼은 거짓말처럼 하나로 묶여버렸다. 영화에서나 있을 수 있는 일이었다.

케이는 천Lee의 눈빛이 예사롭지 않았다고 했다. 한순간에 빨려들어가 되돌아 나올 길을 잃었다고 했다. 때문에 계단을 마저 내려가지 못하고 그대로 주저앉아 화실로 들어간 천Lee가 다시 나올 때까지 기다릴 수밖에 없었다고 했다. 그건 천Lee도 마찬가지였다. 그림을 그리는 동안 케이의 반짝이는 눈빛과 미소 어린 입매가 떠올라 안절부절못했다. 혹시 그가 다시 화실로 들어오지는 않을까 싶어 출입문을 수없이 힐끔거렸다. 그리고 마침내, 계단에 앉아 있던 그가 일어나서 하얗게 웃으며 올려다 보자 죽어도 좋을 만큼 행복했다. 무작정 다가가 그의 품에 안겼다. 그 역시 두 팔을 벌리고 사랑하는 여인에게 늘 그래왔던 것처럼 천Lee를 끌어안았다. 그 하루, 천Lee와 케이는 서로에게 아무 말도, 아무 설명도 하지 않았다. 그저 손을 꼭 잡고 밤새도록 길을 걸었다. 그리고 아침 해가 뜨자 케이의 작업실로 들어가 섹스를 했다. 천Lee의 첫사랑, 첫 경험이었다.

그렇게 아무런 조건 없이 시작된 케이와의 관계는 세상의 이성으로 본다면 분명 무모한 사랑이었다. 그러나 천Lee는 그렇게 생각하지 않았다. 어차피 처음부터 케이는 결혼 예복을 맞추러 가는 길이었다. 미술대학 학장의 딸과 결혼을 앞두고 있었다. 그 덕에 많지 않은 나이에 정교수도 되어 있었다. 천Lee 역시 처음부터 미술대학을 가기 위해 그림을 배우러 가는 길이었다. 그런데 케이 덕분에 그가 재직하고 있는 학교에 가야겠다는 목표가 생겼고, 번듯한 미술대학에 합격하기 전에는 집에 올 생각을 하지 말라던 어머니의 기대를 충족시킬 수 있었다. 집을 떠난 지 불과 몇 개월 만에 당당하게 대학생이 되는 기적과 같은 일을 해낸 것이었다. 때문에 천Lee는 모든 것을 감수해야만 한다고 생각했다. 케이의 결혼까지 담담하게 받아들이며 스스로의 사랑에 책임을 져야 한다고. 그것이 진짜 사랑이라고.

천Lee는 환하게 웃고 있는 아들을 멀뚱히 쳐다보았다. 저래도 속이 말이 아닐 거라는 생각이 들었다. 그렇다고 어설픈 변명으로 위로하고 싶지는 않았다. 케이와의 무모한 사랑을 책임지기 위해 애쓰던 그 시절, 그러나 결코 무모한 사랑이 아님을 알고 있었던 그 시절, 하루도 빼놓지 않고 읽으며 마음을 다스렸던 어느 시인의 시 하나를 떠올렸다. 천Lee는 아들에게 그 시를 들려주고 싶었다. 그러나 힘이 빠져 목소리가 잘 나오지 않을 것 같았다. 메모지를 꺼내 떨리는 손으로 그것을 적어내려갔다. 계속해서 눈물이 흘렀지만 시를 적는 손길을 멈추지 않았다.

 사람들은 사랑을 알려고 섬에 온다.
 마음의 속삭임에 귀 기울여
 처음이며 마지막이 무엇인지
 배워야 하리라고
 처음과 마지막이 동그라미가 되어
 하나가 되는 동안이
 우리가 사는 동안이 되도록
 이루어야 하리라고
 세상에서 가장 외로운 건 섬이니까
 마음이 섬이 되리라고
 그대와 나의 동그라미를
 만들어야 하리라고●

 천Lee는 메모지를 반으로 접어 아들의 손에 건네주었다. 그리고 말했다. 지금 네 방에 걸려 있는 그림이 그때의 내 마음을

● 윤후명, 〈지심도, 사랑은 어떻게 이루어지나〉

윤후명, 지심도 사랑을 품다 2. 캔버스에 아크릴릭 84.2×72.5cm 2009

표현한 작품이야. 혹시 네 마음에 응어리가 있다면 그 작품이 답이 될 거라고 믿는다. 나는 정말 케이를 사랑했고, 지금도 사랑하고 있단다. 그래서 무엇보다 네가 소중해.

동그라미

아들은 메모지를 아주 잠시 들여다보았다. 그러다가 작게 두 번 접어 지갑 속에 끼워넣었다. 그것이 끝이었다. 누구의 시인지, 무슨 의미인지 알려는 기색조차 보이지 않았다. 천Lee는 문득 쓸데없는 짓을 했다는 생각이 스쳤다. 아들이 밝게 웃으며 다 알고 있다고 했으면 거기서 멈췄어야 했다. 입 밖으로 나오지 못한 남은 이야기들은 숨결 사이사이 담아 공기 중으로 흘려보냈어야 했다. 그런데 어쩌자고 시까지 적어준 것인지. 따지고 보면 모두 변명일 뿐이었다. 천Lee는 아들을 멀뚱히 쳐다보았다. 애써 밝은 표정을 짓고 있는 아들이 마음속으로 질문을 던지고 있는 것 같았다.

그래서 어머니는 동그라미를 만드셨나요?

천Lee는 부끄러웠다. 시선을 창밖으로 보내 감정을 숨겼다. 기타 케이스를 든 청년이 공원 산책길을 일정한 속도로 걸어가고 있었다. 까치 한 마리가 나무 위에서 꼬리를 위아래로 흔들며 까깍거리고 있었다. 회색 티셔츠를 입은 중년 남자가 빨간 고무공을 아스팔트 위로 텅텅 튕기고 있었다. 교복을 입은 여학생이 벤치에 앉아 고무줄로 머리를 묶고 있었다. 그사이, 담 너머 공원 밖 도로에서는 영화 속 같은 극적인 장면이 벌어졌다. 긴 머리의 젊은 여자가 비틀거리며 횡단보도를 건너다가 그대로 쓰러져버렸다. 사람들이 쓰러져 누워 있는 여자를 둘러싸고 웅성거렸고, 맹렬히 달려오던 자동차들은 멈춰 서서 마구 경적을 울려댔다. 그러나 천Lee는 그조차 현실감 있게 다가오지 않았다. 마치 '에드먼드 호퍼에게'라는 그림을 보고 있는 듯한 느낌이었다.

'에드먼드 호퍼에게'는 천Lee가 좋아하는 작가의 작품이었다. 원래 시인이고 소설가였는데 십 년간 그림을 그리고 개인전을 열어 화가로도 데뷔를 한 그의 그림 속에는 늘 상당한 이야기가 담겨 있었다. 그런데 '에드먼드 호퍼에게'를 보며 천Lee는 뭔가 싶었다. '에드먼드 호퍼'라는 화가의 그림이 미국의 도

윤후명, 에드먼드 호퍼에게, 캔버스에 혼합재료 100×30cm 2001

시와 그 도시 속의 인물을 정적 이미지로 극대화시켰다면, '에드먼드 호퍼에게'는 분단된 조국의 이슈를 강하게 담고 있는 서사의 이미지 같았다. 이야기가 달랐다. 그러나 천Lee는 곧 그림을 이해했다. 통일로 어디쯤에 강을 따라 이어진 철책과 그 위에 세워진 초소에서 보초를 서고 있는 사병의 모습은 에드먼드 호퍼의 작품에서 느낄 수 있는 고독을 고스란히 표출하고 있었다. 정태(靜態)의 극치로 인해 그림 앞에 서 있을 때는 멍하지만 시간이 흐르면서 오히려 강하게 다가오는 실체. 그림은 눈에 보이지 않는 많은 이야기를 담고 있는 한 편의 소설 같았다.

역시 그랬다. 천Lee는 아들이 옆에 나란히 서서 창밖을 내다보며 "무슨 일이에요?" 하고 물어도 멍하니 서 있었다. 그러나 시간이 흐르자 그 '무슨 일이에요?' 하는 물음이 케이뿐만 아니라 아버지 같았던 알과 형 같았던 피제이에 대해서도 설명을 해야 하지 않느냐는 소리처럼 들렸다. 천Lee는 가슴이 쿡쿡 죄어왔다. 한나가 다가와 선생님 그만 누우셔야죠, 하고 말을 건넬 때에야 "여자가 갑자기 쓰러졌어, 어쩌지?" 하고 맥없이 중얼거렸다. 그러곤 한나의 부축으로 침대에 누우며 해미는? 하고 딸아이의 안부를 물었다. 그때, 또다시 까치 소리가 요란하게 들려왔다. 사실, 딸아이 해미는 아들과 달랐다. 천Lee가 몸으로 낳은 자식이 아니었다. 알이 세상을 떠나자 그의 딸을 마음으로 품은 자식이었다. 알은 연인이기보다는 친구에 가까웠었다.

침대에 누운 천Lee는 고개를 끄덕이며 아들에게 불어로 말했다. 알리(allez)! 나는 괜찮으니 어서 가서 볼일을 보라는 뜻이었다. 그러자 아들도 자신의 마음을 전했다. 나는 어머니가 아무것도 신경 쓰지 않고 마음 편히 지냈으면 좋겠어요. 병실을 나서는 아들의 키가 유난히 커 보였다. 든든했다. 그러나 그 든든함이 천Lee의 마음 전부를 풀어주지는 못했다. 천Lee의 마음속엔 이미 케이와 알과 피제이를 어떤 식으로든 아들에게 정리를 해주어야 한다는 생각이 묵직하게 자리 잡고 있었다. 그것이 자신의 인생도 정리하는 과정이었다.

천Lee는 눈을 감고 생각했다. 해미가 좋아하는 밴드의 이름이 아마도 '몽니'였었지. 몽니란 정당한 대우를 받지 못할 때 권리를 주장하기 위하여 심술을 부리는 성질이었다. 그러니 그런 이름을 쓴다는 것은 최고 아니면 최악의 수준을 뜻했다. 해미는 말했었다. '몽니'라는 이름을 쓰는 것 하나만으로도 좋아할 수

밖에 없다고. 그때 천Lee는 혼잣말을 했었다. 부디 이 밴드의 노래까지 훌륭해 해미의 믿음에 보답하기를! 어쨌든 천Lee는 현재 자신의 심리가 '사랑'이라는 것에 대해 몽니를 부리고 있는 것일 수도 있다는 생각을 하며 눈을 떴다. 그러곤 급작스레 기운이 떨어지는 것이 느껴져 얼른 다시 눈을 감았다. 단 한 시간도 정상을 유지할 수 있는 컨디션이 아니었다.

또 다른 무엇

얼마 뒤, 눈을 뜨자 한나가 멍하니 내려다보고 있었다. 갑작스레 천Lee와 눈이 마주친 한나는 어색하게 웃었다. 그러나 천Lee의 머릿속엔 한나의 멍한 표정이 잔상으로 남아 있었다. 천Lee는 한나에게 물었다.

"무슨 생각을 그렇게 했어?"

한나는 후후후, 하는 표정으로 대답했다.

"선생님이 무슨 생각을 하고 계신지 궁금했어요."

천Lee 역시 후후후, 하는 표정으로 말했다.

"그래? 내가 무슨 생각을 하고 있는 거 같아?"

한나는 벽에 걸린 '엉겅퀴꽃 그림'을 흘깃 가리키며 물었다.

"저 그림을 선물한 분이 누구인지?"

"그래, 그 생각도 했어."

"누구인지 짐작되는 분이라도 있으세요?"

"글쎄."

"저는 '백'이라는 분이 보냈을 거 같아요."

한나의 말에 천Lee는 아주 중요한 것을 깜빡 잊었다가 다시 기억해낸 느낌이었다. 많은 생각이 한꺼번에 밀려들었다. 왜 백이 보낸 선물이라는 생각을 못했는지, 나와 엉겅퀴꽃을 연결할 수 있는 사람은 케이와 알과 백 그리고 한나뿐인데, 케이와 알은 이미 죽었고 한나는 아니고, 그렇다면 백만 남아 있는 건데. 생각이 그렇게 모아지자 천Lee는 기분이 한결 좋았다. 백을 만날 수도 있겠다는 희망이 생겼다.

한나는 천Lee가 생각에 빠져 잠시 말이 없자 얼른 화제를 돌렸다.

"선생님, 누군가 보고 싶은 사람은 있으세요?"

"글쎄."

"피제이는요? 요즘 뉴욕에 계시다는데."

"바쁠 거야."

"연락할까요?"

천Lee는 조금 큰 소리로 농담처럼 대답했다.

"아니, 이런 모습 보이고 싶지 않아."

"나중에 후회하지 않으시겠어요?"

"어쩔 수 없지."

"그래도 한번 연락해볼게요."

그제야 천Lee는 정색을 하고 말했다.

"아니야, 한나. 그러지 마! 알고 있을 거야."

"하긴 기사가 그렇게 났는데……."

"아마 너무 고통스러워서 못 오고 있는 걸 거야."

이번엔 한나가 생각에 빠져 있었다. 천Lee가 먼저 말을 이었다.

"그런데 죽을 때가 돼서 그런지 다 그립긴 해."

한나는 왜 또 그런 소리를! 하는 질책의 표정을 잠깐 지은 뒤, 애써 밝은 목소리로 물었다.

"그래도 가장 보고 싶은 사람이 있잖아요?"

"가장? 지금은 알이 가장 보고 싶어. 그런데 그는 죽고 없잖아. 이제 곧 만나겠지."

한나는 잠시 침묵했다. 그러다가 조심스럽게 다시 물었다.

"선생님, 해미가 걱정되시죠?"

"맞아. 그래서 해미에게 뭔가를 말해줘야 하는데 그게 잘 정리가 안 되네. 나와 알 사이를 말할 수 있는 뭔가가 분명 있긴 한 것 같은데, 그게 뭔지 너무 어려워. 어쩌면 아무 말도 못하고 떠날 수도 있다는 생각도 들고. 마음이 복잡하네."

"선생님, 걱정 마세요. 제가 있잖아요."

알

천Lee는 대학 졸업을 두 달 앞둔 어느 날, 미술대학 학장의 부름을 받았다. 케이의 장인인 학장은 천Lee를 치워야 할 더러운 쓰레기처럼 대했다. 천Lee가 당장 학교를 떠나지 않으면 케이와 함께 부적절한 관계로 구속이 될 거라고 했다. 천Lee는 선택의 여지가 없었다. 케이를 보호하기 위해 자퇴를 했고, 도망치듯 파리로 떠났다. 그러나 곧 따라오겠다던 케이는 좀처럼 오지 않았다. 천Lee는 막막했다. 한동안 아무것도 하지 못하고 공중을 떠다니는 먼지처럼 아무렇게나 지냈다. 그러기를 반년, 별수 없이 어머니에게 모든 사실을 털어놓는 긴 편지를 썼다. 어머니는 더 이상 묻지 않았다. 단지 이제 와서 어쩌겠니? 아무

생각 하지 말고 그림이나 열심히 그려라, 하고 한숨을 내쉬었
다. 그러곤 어느 날 갑자기 사라져 걱정을 끼친 천Lee를 나무
라기는커녕 아무 일도 없었던 것처럼 날씨를 물은 뒤 전화를 끊
었다. 거긴 날씨가 어떠니? 춥진 않니? 여긴 들판 가득 엉겅퀴
꽃이 피었구나. 어머니 입에서 엉겅퀴꽃이라는 말이 나오자 천
Lee는 정신이 번쩍 났다. 케이가 아버지처럼 죽어 세상에 없는
것도 아니고, 얼마든지 다시 만날 수 있는데 왜 이토록 엄살을
부리고 있는지 모르겠다는 생각이 든 것이었다.

　　그렇듯 천Lee는 반년 만에 어머니를 통해 다시 일어났다. 그
리고 어머니의 말처럼 미친 듯이 그림을 그리며 정상적인 생활
을 하려고 노력했다. 그 과정에서 알의 도움을 많이 받았다. 알
은 천Lee가 파리 생활 일 년 만에 지인의 소개로 알게 된, 파리
12구역 끝에 있는 옥상 정원이 딸린 작은 건물의 주인이었다.
한국인으로는 드물게 지구 생태를 다루는 세계적인 잡지의 사
진기자였는데 일 년에 반 이상은 집에 없었다. 세계 곳곳으로
서너 달씩 취재를 갔다가 돌아오면 편안하게 휴식을 취하면서
천Lee와 이야기를 나누었고 취미로 그림을 그렸다. 그렇게 보
름이나 한 달가량 머문 뒤 다시 카메라를 메고 집을 나섰다. 천

Lee는 그런 그와, 그런 그의 집에서 살게 된 것이 인생에 두 번 다시 오지 않을 행운임을 알 수 있었다. 더욱이 알은 천Lee가 그림을 마음껏 그릴 수 있도록 옥상의 창고를 비워 작업실까지 마련해주었다. 그러곤 당분간 집에 돌아올 수 없으니 집을 관리해달라고 부탁했다. 그 당분간이 이 년이 될지, 삼 년이 될지 모르겠다고 했다. 기획된 프로젝트가 끝날 때까지 꼼짝없이 아프리카 오지에 머물러 있어야 한다는 거였다.

천Lee는 알이 아프리카로 떠나기 전 일주일 내내, 그와 섹스를 했고 함께 잠을 잤다. 그렇다고 알과 연인으로 발전했다는 것은 아니었다. 천Lee는 그 얼마 전, 알과 함께 오페라하우스에서 무용 공연을 봤다. 그러곤 돌아오는 길에 저녁식사를 하기 위해 몽마르트의 한 카페에 갔었다. 그런데 그곳에서 뜻밖으로 대학 동창을 만났다. 후배인 그녀는 저기, 하며 머뭇거리더니 혹시 천이 선배님 아니세요? 하고 옷소매를 잡았다. 천Lee가 그녀 쪽으로 고개를 돌리기도 전에 어머, 맞네요, 하며 손을 잡고 마구 흔들어댔다. 천Lee는 반가웠지만 한편으론 당혹스러웠다. 그녀는 한 달간 유럽 여행을 하고 있는 중이라고 했다. 천Lee는 반갑다는 표시로 그녀의 등을 두드리며 생각했다.

케이와 나 사이의 일을 알고 있을지도 몰라.

다행히 그녀는 아무것도 모르는 눈치였다. 선배, G미술대학
에서 공부했다면서요? 하고 물으며 마냥 부러운 표정을 지었
다. 알을 힐끔거리며 남자친구? 하고 묻곤 어우, 너무 멋있어
요, 하고 앞질러 수다를 떨었다. 오히려 천Lee가 학교는 어때?
모두 그대로야? 교수님들도 안녕하시고? 케이 교수님은 여전
히 학생들과 어울려서 목청을 높이시니? 하고 묻자 역시 단순
하게 그럼요, 하고 깔깔깔 웃었다. 그러더니 천Lee의 귀에 입
을 가까이 대고 속삭였다. 그런데 케이 교수님은 아이가 생기고
나서부터 조금 변했어요. 다 그렇지요, 뭐. 한꺼번에 아이가 둘
이나 생겼으니 우리가 이해해야지요. 천Lee는 몹시 당혹스러
웠지만 표정 관리를 하기 위해 얼떨결에 물었다. 쌍둥이를 낳았
다고? 그녀는 다시금 깔깔깔 웃음을 앞세우며 대답했다. 네, 시
험관 시술을 했거든요. 그때가 벌써 사 년 전이니 이제 아이들
도 다섯 살은 되었겠네요.

충격이었다. 아이를 낳지 않겠다던 케이였다. 아내가 임신이

되지 않는 게 오히려 잘된 일이라던 케이였다. 게다가 일 년에 한두 번도 아내와 잠자리를 갖지 않는다는, 굳이 알고 싶지도 않은 말까지 덧붙였던 케이였다. 천Lee는 머릿속으로 빠른 계산을 했다. 그렇다면 내가 한국을 떠나자마자 아이를 가지려고 노력했던 거야. 내가 그토록 애타게 기다리고 있을 때 그는 나와의 약속을 저버리고 그런 일을 하고 있었던 거야. 천Lee는 음식이 나왔지만 입에 넣을 수 없었다. 처음부터 감수해야 하는 일이 아니었느냐고 스스로를 질책해도 어쩔 수 없었다. 지난 몇 년 동안 다독여 겨우 가라앉혔던 아픔이 순식간에 폭군처럼 되살아났다. 아니, 케이에 대한 실망감까지 더해져 몸을 가눌 수 없었다. 하얗게 질려 알의 부축을 받으며 집으로 돌아와야만 했다.

마농

무모하지 않은 사랑이 아니라, 무모한 사랑이었음을 인정해야 할 것 같았다. 천Lee는 하염없이 눈물이 흘렀다. 어떤 생각을 해도, 그 누구를 떠올려도 마음을 다잡을 수 없었다. 제어할 수 없는 시간이 이어졌다. 며칠 동안 아무것도 먹지 못하고 울다가 웃기를 반복하며 침대 위에 누워 있었다. 그러곤 퀭한 얼굴로 뭔가를 결심한 듯 자리에서 일어났다. 망설임 없이, 그동안 마주치지 않으려고 무던히도 애썼던 '마농'에게 전화를 걸었다. 마농은 영향력 있는 미술평론가이며 유명한 갤러리의 디렉터였다. 그녀의 말 한마디에 많은 화가들이 울고 웃을 만큼 거물급의 인사였다. 그림을 그리는 사람들이라면 누구나 그녀와 가까이 지내기 위해 애를 쓸 정도의 인물이었다.

천Lee가 그런 마농을 알게 된 건 순전히 우연이었다. 아니, 천운이었다. 마농이 잃어버린 수첩을 천Lee가 주웠던 것이다. 공원 벤치에서 주운 수첩의 주인이 마농인 걸 알게 된 천Lee는 가슴이 마구 뛰었다. 열심히 그림을 그리고 있으니 또다시 행운의 여신이 자신의 어깨에 내려앉은 것 같았다. 살다 보면 인생의 전환점이 되는 기회가 세 번쯤 찾아온다는데, 그 첫 번째가 알을 만난 것이고, 바로 지금이 그 두 번째라는 생각이 강렬하게 스쳤다. 그렇다면 이 기회를 놓칠 수 없었다. 천Lee는 마농과 만나는 장면을 수없이 반복하며 상상했다. 그녀에게 자신을 어떻게 소개할지도 몇 번이고 연습을 했다. 그러곤 혼자 재미로 치던 카드점이 유난히 잘 나온 날 아침에 집을 나섰다. 동양 여자에게서만 느낄 수 있는 매력이 한껏 드러나도록 은은한 화장을 하고, 단아하게 옷차림을 갖췄다. 그런 뒤에야 수첩을 들고 그녀가 일하는 갤러리 앞으로 찾아갔다. 그녀가 언제 나타날지도 모르면서, 자신의 발달된 직감과 행운의 신을 믿고 무작정 기다렸다. 역시 이럴 수가! 할 정도로 행운이 따랐다. 얼마 지나지 않아 자동차에서 내리는 그녀가 보였다. 천Lee는 곁을 스쳐 지나가는 그녀에게 수첩을 보이며 마농? 하고 불렀다.

마농은 사고가 유연하고 친절했으며 무엇보다 직관이 빨랐다. 수첩을 보자마자 영어로 땡큐! 하며 활짝 웃었다. 처음부터 다정한 말투와 부드러운 눈길로 천Lee를 대했다. 천Lee가 자신을 어필하려고 애쓸 필요가 없을 정도로 천Lee에 대해 관심을 가졌고, 천Lee가 화가라고 하자 이것저것 많은 부분을 물어보았다. 희한한 일이었다. 마농과 앉아 있는 동안 천Lee는 마법에 걸린 것 같았다. 한마디로 무장해제가 되었다. 상식적으로 이해할 수 없음에도, 마농의 뛰어난 화술에 빠져든 천Lee는 자신에 대한 거의 모든 이야기를 풀어놓았다. 심지어 케이와의 이야기도 들려주었다. 마농은 빙그레 웃는 모습으로, 때론 '그랬구나!' 하는 표정으로, 때론 젊은 동양 여자가 무척 귀엽다는 표정으로 천Lee를 바라보았다. 그러곤 헤어질 시간이 되자 천

Lee를 자신의 집으로 초대했다. 그 이유가 너에게 호감이 생겼다는 거였다.

　그러나 천Lee는 마농의 초대에 응할 수 없었다. 천Lee에게 마농과의 만남을 전해들은 한 프랑스 친구가 지나가듯 가볍게 말했다.

　"집으로 초대한 것이 무슨 뜻인지 알지?"

　천Lee는 무슨 소리인지 알아듣지 못했다. 멍하니 친구를 쳐다보았다. 친구가 다시 말했다.

　"섹스를 하자는 거야."

　"마농이 레즈비언이라고?"

　"아니, 바이야."

　천Lee는 그 순간 모든 것을 접어버렸다. 천Lee에겐 무모한 사랑이 아님을 증명해야 할 케이가 있었다. 길을 걷다가도 모퉁이만 돌면 당장이라도 눈앞에 서 있을 것만 같은 케이가 있었다. 비록 몸은 떨어져 있어도 그 살갗에 스민 기억만으로도 몸을 전율시키는 케이가 있었다. 천Lee는 마농에게 정중히 말했다. 자신에게는 무모한 사랑이 아님을 증명해야 할 케이가 있다고. 그러니 마농과 섹스를 나눌 수 없다고. 그러나 마농은 그런

정서를 이해하지 못했다. 천Lee에게 말했다. 언제라도 나에게 와, 너를 유명한 화가로 만들어줄게.

프랑스 친구도 천Lee를 이해하지 못했다. 천Lee를 볼 때마다 마농을 거론했다. 성공의 기회를 거절하다니, 하고 안타까워했다. 마농은 너에 대해 진심이고 너도 마농이 싫은 건 아니잖아, 하고 천Lee를 부추겼다. 그러곤 프랑스 국립 심리학연구에 따르면 세상의 77퍼센트의 인간이 양성애자의 성향을 가지고 있는데, 다만 자신이 그것을 모르고 있는 것이라고 했다. 실제로는 동성애자 성향이 20퍼센트이고 이성애자 성향이 3퍼센트뿐이라고. 그런데 대부분의 사람들이 사회적 관념에 묶여 자신을 완전한 이성애자라고 착각하고 있는 거라고 말도 안 되는 이야기까지 늘어놓았다. 그렇다고 천Lee에게 그것이 문제가 되는 건 아니었다. 케이가 있는 한 거론의 여지가 없는 소리였던 것이다.

그랬는데 케이에게 다섯 살 난 쌍둥이 아들이 있다니, 그것도 자연 임신이 아니라 시험관 시술로 어렵고 어렵게 노력해서 얻은 자식이라니. 천Lee는 아기를 갖기 위해 애를 썼을 케이의 모습을 그려보았다. 간호사의 손가락이 가리키는 문 안으로 걸어 들어가는 케이, 그곳에서 바지를 반쯤 내린 채 야릇한 교성이 흐르는 모니터를 응시하고 있는 케이, 벌겋게 달아오른 얼굴에 반쯤 벌어진 입술로 거친 숨소리를 내뿜는 케이, 어느 순간 헉, 소리를 내며 둥그런 용기에 정자를 뿜어내는 케이. 그러나 그런 모습은 천Lee가 알고 있는 케이와는 조금도 어울리지 않았다. 그럼에도 그것은 엄연한 '사실!'이었고, 그 쌍둥이 아이들이 알리바이로 존재하고 있었다. 천Lee는 혼란스러웠다. 시간이 지날수록 케이와의 모든 것이 끝이라는 쪽으로 생각이 모아졌다. 이제 천Lee가 할 일은 유명한 화가가 되어 보란 듯이 케이 앞에 서는 것이었다.

갑자기 천Lee의 전화를 받았는데도, 마농은 아무렇지도 않게 말했다.

"비가 오네."

비가 오는 줄도 모르고 있던 천Lee는 되물었다.

"그래요?"

마농이 다시 말했다.

"무슨 일이 있구나?"

"달리 전화할 곳도, 갈 곳도 없어서요."

"그래? 나에게 오려고?"

"네."

"지금?"

천Lee는 즉시 대답했다.

"네, 지금."

천Lee는 마농의 다정한 말 한마디 한마디에 마음이 녹는 것 같았다. 그녀를 처음 만났을 때가 하나하나 떠올랐고, 여전히 따뜻하게 대해주는 것이 고마웠다. 빙그레 웃는 그녀의 모습도, 때론 '그랬구나!' 하던 표정도 떠올라 눈물이 왈칵 솟았다. 천Lee는 애써 이성으로 막아두었던 외로움이 한꺼번에 분출하듯 엉엉 소리 내어 울었다. 그러고 나자 정말 마농이 보고 싶었고, 마농에게 달려가 안기고 싶었다. 그러면 그녀가 편안하게 보듬고 안아줄 것 같았다. 천Lee는 케이가 없었다면 어쩌면 마농과 연인 사이가 되었을지도 모른다는 생각까지 했다. 어쩌면 자기 합리화일지도.

역시 마농은 따뜻하고 사려 깊은 사람이었다. 처음부터 섹스를 요구하지 않았다. 천Lee가 둥지에서 떨어진 어린 새처럼 몸을 떨며 그녀의 집 안으로 들어서자 꼭 안아주었다. 따뜻한 물을 받아놨으니 목욕을 하라고 했다. 천Lee는 길을 잃은 어린아이처럼 마농의 말대로 움직였다. 마농은 잔뜩 거품이 묻은 부드러운 스펀지로 욕조 안에 누워 있는 천Lee의 몸을 구석구석 문질러주었다. 천Lee는 그런 마농에게서 따뜻한 어머니의 손길을 느꼈다. 그 때문에 천Lee는 마농이 뭔가를 요구하기도 전에 스스로 어머니의 품을 파고들듯 그녀의 품으로 파고들었다. 그 뒤에야 마농은 오랫동안 천Lee의 등을 쓸어내렸고, 천Lee가 케이의 이야기를 하며 울먹이자 부드러운 혀로 눈물을 핥아주었다. 부드러운 입술로 키스도 해주었다. 케이와는 다른 느낌이었다. 케이와의 키스가 격정적이고 애가 타면서 늘 아쉬운 느낌이었다면, 마농의 키스는 포근하고 안정적이었다. 마치 꿈을 꾸고 있는 것같이 나른하면서 흡족하여 마음에 위안을 얻는 느낌이었다.

천Lee는 다음 날 저녁이 되어서야 마농의 집을 나섰다. 그런데 기분이 이상했다. 마농과 그토록 편안하게 하루를 보냈는데도, 막상 그녀의 집을 나서자 심란했다. 천Lee는 집으로 가는 방향으로 그냥 걸었다. 그렇게 한참을 걸었다. 처음엔 생각에 잠겨 산책하듯 걷다가, 점점 빠르게 걷다가, 나중엔 숨이 턱에 차도록 뛰다시피 걸었다. 그리고 헉헉대며 택시를 잡아탔다. 그러자 정체를 알 수 없는 슬픔이 밀려왔고, 하염없이 눈물이 흘렀다. 더욱 길을 잃은 느낌이었다.

외로운 섬

집으로 들어서자 알이 천Lee의 눈치를 살피며 괜찮으냐고 물었다. 천Lee는 퉁퉁 부은 눈을 손으로 문지르며 희미하게 웃었다. 빤히 쳐다보는 알에게 몇 번이고 고개를 끄덕여 보인 뒤 자신의 방으로 올라갔다. 한참을 멍하니 침대 위에 앉아 있다가 벌떡 일어나 방 안을 서성거렸다. 그 서성거림을 멈출 수가 없어 다시 아래층 거실로 내려갔다. 알이 걱정스러운 표정으로 커피를 건네며 말했다. 뭔지는 모르지만, 다 사정이 있었을 거야. 그 한마디에 천Lee는 다시 격한 감정에 휩싸였다.

무슨 사정? 하고 악을 쓰고 싶었다.

마농에게 했던 것처럼 또다시 누구에게든 케이에 대해 이야기하고 싶었다. 그렇게 떠들다 보면 케이를 마음속에서 말끔히 털어낼 수 있을 것 같았다. 또한 마농에게 달려간 것이 잘한 일인지, 잘못한 일인지 판단이 설 것 같았다. 천Lee는 하소연할 상대를 간절히 원하고 있었던 것처럼 케이와의 사연에서부터 파리로 오게 된 과정을 알에게 숨김없이 털어놓았다. 또한 마농과의 일도 모두 얘기했다. 천Lee도 자신이 왜 이렇듯 대책 없는 여자처럼 구는지 모르겠다는 생각은 들었다. 할 얘기가 있고, 하지 말아야 할 얘기가 있는 법인데, 마치 남의 이야기를 하듯 숨김없이 자신을 드러내는 것이 이상하기는 했다. 어쩌면 죄책감을 면하기 위한 자학일 수도, 죄책감을 면하기 위해서라면 어떠한 가학도 감수하겠다는 또 다른 자학일 수도.

어쨌든 알은 천Lee의 이야기를 들으며 계속 고개를 끄덕였다. 가끔씩 힘들었겠네, 하고 중얼거리며 천Lee의 마음을 다독여주었다. 다행히 알은 천Lee가 이야기하는 내내 오죽하면 나에게 이런 이야기를 구토하듯 쏟아내겠느냐는 표정을 지었다. 나도 그것이 뭔지 잘 알고 있다는, 정말 위로가 되는 표정을 짓고 있었다. 그런 알 앞에서 한동안 눈물을 흘린 천Lee는 차츰 자기만의 감정에서 벗어났다. 나중엔 피식, 멋쩍게 웃기까지 했다. 마농에게서 찾고자 했던 것과 다른 그 무엇이 알에게 있어 천Lee는 마음이 한결 편안했다.

그러나 왠지 어느 순간부터 알의 표정이 점점 어두워졌다. 천Lee가 더 이상 말을 하지 않아도 견딜 만해졌을 때는 침통하게 굳어 있기까지 했다. 알은 천Lee에게 전염된 것 같았다. 천Lee는 그런 모습의 알을 처음 접했다. 왜? 하는 표정으로 물었다. 알은 천Lee의 그 표정을 못 본 척했다. 별수 없었다. 천Lee는 조심스레 말을 걸었다. 천Lee는 차분하게 한국어로 물었고, 알은 조금 격하게 불어로 대답했다.

"알, 갑자기 왜 그래요?"

"그냥, 기분이 가라앉네."

"혹시 내가 뭘 잘못한 거예요?"

"아니, 그런 거 없어."

"그런데 갑자기 왜 그래요?"

"너 때문이 아니니 신경 쓰지 마."

"그럼 뭔데요?"

"그냥 좀, 누가 생각났어."

"누군데요?"

"아무것도 아니야. 우리 맥주 마실래?"

천Lee는 이 사람도 말 못할 사연이 많구나, 그래서 나를 위로할 수 있었구나, 하는 생각을 하며 얼마든지 그러자고, 맥주를 먹자고 적극적으로 고개를 끄덕여주었다.

알은 맥주를 열 캔이나 비우고 나서야 아무것도 아니라고 했던 자신의 이야기를 꺼내놓았다. 중학교 때 교통사고로 한꺼번에 부모를 잃었다고. 장애가 있는 아들에게 몸종 같은 친구를 만들어주기 위한 양부모의 속셈에 속아 다 큰 나이에 프랑스로 입양되어 왔다고. 때문에 무척 불행한 나날을 보냈지만 그래도 죽도록 노력하여 지금에 이르렀다고. 그러나 이 모든 것은 아무것도 아니라고. 정작 자신이 불행한 것은 양부모에 의해 함께 입양되어 온 '해수'라는 여자 때문이라고. 그러니까 자신은 처음부터 지금까지 변함없이 해수를 사랑하는데 해수는 자신에게만 수녀처럼 군다는 거였다. 만나는 모든 남자들과 쉽게 어울리고, 쉽게 섹스를 즐기면서도 자신에게는 절대 곁을 주지 않는다는 거였다. 그 이유를 물으면 네가 소중하기 때문이라는 아리송한 대답만 한다는 거였다. 그런데 더 마음이 아픈 건 해수가 일부러 스스로를 망가뜨리고 있는 게 느껴지기 때문이라고.

천Lee는 알의 불행을 충분히 헤아릴 수 있었다. 남녀 사이는 언제나 더 많이 좋아하는 쪽이 고통을 받게 되어 있었다. 케이를 더 많이 좋아하는 자신처럼. 어쨌든 맥주 다섯 캔을 더 비우면서 이야기를 마친 알은 어떤 움직임도 보이지 않고 침묵했다. 눈을 감은 채 정물처럼 소파에 앉아 있었다. 천Lee와 함께 있다는 사실도 잊은 듯했다. 천Lee는 한동안 그대로 있다가 조용히 자리에서 일어났다. 전등을 끄고 발소리를 죽이고 이 층 자신의 방으로 올라갔다. 침대에 누워 잠을 청했다. 그러나 잠이 오지 않았다. 자꾸만 이런저런 생각이 떠올라 뭔가 하지 않으면 울(鬱)에 빠져들 것 같았다. 몸을 혹사시켜서라도 그걸 막아야 할 것 같았다. 끙끙거리다가 다시 일어나 카디건을 걸치고 옥상 작업실로 올라갔다. 큰 붓을 들고 100호짜리 캔버스에 미친 듯이 그림을 그려댔다. 자정을 넘기고서야 오한을 느끼며 작업실을 나왔다. 그러곤 방으로 들어가려다 말고 일 층으로 내려가보았다. 알이 네 시간 전 그 모습 그대로 앉아 있었다. 천Lee는 마음이 아팠다. 알의 모습이 마치 어둠 속에 잠겨 있는 섬 같았다.

세상에서 가장 외로운 섬.

천Lee는 카디건을 벗어 층계 난간에 걸쳐놓고 알에게 다가갔다. 그러면서 〈지심도, 사랑은 어떻게 이루어지나〉라는 시 한 편을 마음속으로 외웠다. '**사람들은 사랑을 알려고 섬에 온다.**' 말 없이 알의 머리를 두어 번 쓰다듬고 품 안으로 끌어안으면서 '**마음의 속삭임에 귀 기울여**' 하고. 몸을 수그리고 알의 이마에 입 술을 가져다대면서 '**처음이며 마지막이 무엇인지 배워야 하리라고**'. 붓칠을 하듯 입술을 떼지 않고 그대로 내려가 알의 입술 위로 포개면서 '**처음과 마지막이 동그라미가 되어 하나가 되는 동안이**'. 그리고 그 입술을 빨며 '**우리가 사는 동안이 되도록**'. 곧이어 혀로 알의 닫힌 입술을 열고 치아와 잇몸을 핥으며 '**이루어야 하리라 고**'. 그때 헉, 하는 신음과 함께 알의 입이 열렸다. 천Lee는 그 안으로 혀를 밀어넣었다. 그러곤 그 혀로 알의 혓바닥 아래 위 를 더욱 깊숙이 더듬으며 다시 마음속으로 시를 외웠다. '**세상에 서 가장 외로운 건 섬이니까.**' 이번엔 쓰고 퀴퀴한 알의 숨결을 피하지 않고 길고 축축한 키스를 하며 '**마음이 섬이 되리라고**'. 그렇게 천Lee의 입이 알의 입에서 머물러 있는 동안 알은 서너 번 몸을 떨었고, 마침내 천Lee의 잠옷을 풀어헤치고, 가슴을 만지고, 허리를 쓰다듬고, 손바닥으로 아랫배를 훑으며 점점 아래로 내려가 팬티를 끌어내렸다. 그러곤 자리에서 일어나 자신의 옷을 벗어던진 뒤 천Lee의 몸을 번쩍 들어 소파 위로 눕혔다. 천Lee의 몸 위로 기어올라 상체를 부둥켜안으며 거친 숨을 내뱉었다. 천Lee는 알코올이 섞여 시큼한 그 숨결마저 깊게 들이마시고 허리를 들어올리며 다시 속으로 시를 외웠다. **'그대와 나의 동그라미를.'** 알을 더욱 깊숙이 받아들이며 **'만들어야 하리라고'.** 그러면서 천Lee는 톨스토이의 전시회 봉지에 낙서처럼 그려진 어느 무명 화가의 그림을 자연스레 떠올렸다.

그림의 제목은 '부활하는 새'였다.

그건 분명 남녀 간의 단순한 행위가 아니었어! 알과 내가 서로를 탈출시키기 위한 처절한 몸부림이었어! 또 다른 동그라미가 필요한 섬처럼 말이야. 천Lee는 그렇게 결론을 내리듯 중얼거리며 한나를 바라보았다. 한나의 표정에는 많은 물음표가 달려 있었다. 무슨 얘기를 하고 싶은 거예요? 알과 연인 사이가 아니었다고요? 그런데 케이를 마다하고 알과 결혼까지 했다고요? 천Lee는 그런 한나의 물음표가 담긴 표정을 어떻게 풀어줘야 할지 고민이 되었다. 어쩌면 그건 아들의 물음표가 될 터

윤후명, 부활하는 새. 톨스토이 전시회 봉지에 아크릴릭 48×31.5cm 2011

였다. 딸의 물음표도 될 터였다. 천Lee는 남녀 사이에도 이성 간의 사랑이 아닌 다른 종류의 사랑이 있다는 말을 이해시키기가 쉽지 않았다. 물론 한나가 영민하여 차근차근 설명하면 되겠지만 천Lee는 당장 그러기가 힘들었다. 집중력이 떨어져 조리 있게 대화를 나눌 수가 없었다. 벽을 향해 모로 누우며 되는대로 화제를 돌렸다.

"몽니라는 밴드의 노래 들어봤어?"

"몽니요?"

"모던 록 밴드라는데."

"잘 모르겠어요. 그런데 왜요?"

"해미가 무척 좋아하는 밴드야. 그래서 나도 노래를 한번 들어보고 싶네."

천Lee는 그 정도로 말을 줄였다. 역시 한나는 말이 없는 말까지 알아들었다. 즉시 천Lee의 몸 상태와 마음을 파악하고 움직였다. 어깨까지 이불을 끌어올려 덮어주며 귀에 거슬리지 않게 작은 소리로 속삭였다.

"선생님, 한숨 주무시고 일어나면 노래를 들어볼 수 있도록 준비해놓을게요."

천Lee는 다시금 한나가 자신을 진심으로 대하고 있다는 생각이 들었다. 자신 또한 한나라면 해미와 관련된 모든 사항을 맡기고 세상을 떠날 수 있을 것 같았다. 때문에 기운이 떨어져 거의 눈을 감은 채 한나의 손을 잡고 횡설수설 중얼거리다가 잠이 들었다. 한나, 우리 해미 끝까지 잘 돌봐줄 거지? 내가 정신이 조금이라도 있을 때 몽니 노래를 듣고 해미와 이야기를 나누면 더 즐거운 시간을 가질 수 있겠지? 아니, 한나도 그 노래를 듣는 게 좋겠어. 아, 어쩌나. 해미를 훌륭하게 키우겠다고 알과 약속했는데.

한나의 울음소리가 들렸다. 그 때문에 천Lee는 잠에서 깨어났다. 하지만 한나를 부르지 않고 눈을 감은 채 계속 잠든 척을 했다. 한나는 전실에서 자신의 친구와 소곤소곤 전화 통화를 하는 중인 것 같았다. 한나는 울먹이며 말을 하다가 한 번씩 흑흑 소리를 냈다. 그 소리가 입을 틀어막고 있는 듯 으으, 하고 들렸다. 선생님이 우리 엄마보다 더 나를 사랑해주신 거 너도 잘 알잖아. 내가 생각보다 더 많이 의지했었나 봐. 그런데 이제 어쩌면 좋으니? 하늘이 무너져내리는 거 같아. 너무 슬퍼서 아무것도 할 수가 없어, 하고 말한 뒤에는 목이 메어 말을 잇지 못하고 거듭 심호흡을 하는 게 느껴졌다. 천Lee도 목이 메고 눈물이 흘렀다. 한나처럼 심호흡을 했다. 그렇게 애써 슬픔을 억누르며 생각했다. 그래, 맞아. 나도 알이 죽었을 때 그랬었지. 그 상실감에 너무 슬퍼서 아무것도 하지 못했었지. 천Lee는 자신이 죽고 난 뒤 한나가 겪을 슬픔이 고스란히 다가와 마음이 아팠다. 그것은 아들과 딸이 겪을 슬픔과는 다른 그 무엇이었다. 천Lee는 방울져 뚝뚝 흘러내리는 눈물을 닦으며 크게 한숨을 내쉬었다.

그때, 느닷없이 기침이 나왔다. 낭패였다. 천Lee의 기침 소리에 놀란 한나가 부랴부랴 전화를 끊고 전실에서 튀어나왔다. 천Lee는 눈을 감았다. 그리고 또 기침을 했다. 두세 번 한 뒤에 또다시 더 크게 기침을 해댔다. 그러곤 갑자기 가슴이 답답해져 숨을 헐떡거렸다. 한나가 간호사를 호출하는 벨을 누르고, 천Lee의 가슴 부위를 손으로 마구 쓸어내렸다. 기침은 좀처럼 멈추지 않았다. 그런데 막상 기침은 시원하게 나오지 않았다. 대신 심하게 구역질이 올라왔다. 천Lee는 가슴을 쓸어내리는 한나의 손을 잡고 머리를 정신없이 내흔들며 컥컥거렸다. 병실 문이 열리고 간호사가 들어왔다. 간호사는 천Lee를 엎드리게 하고 거듭해서 등을 탁탁 쳤다. 어깻죽지도 탁탁 쳤다. 그러자 비로소 기침이 멈췄다.

천Lee는 베개에 이마를 대고 크게 숨을 들이마셨다.

"선생님, 괜찮으세요?"

떨리는 목소리로 묻는 한나에게 천Lee는 힘없이 손을 흔들며 대답했다.

"이제 괜찮아."

한나가 여전히 떨리는 소리로 이번엔 간호사에게 물었다.

"우리 선생님, 정말 괜찮으신 건가요?"

"네, 조금 있으면 호흡이 정상으로 돌아올 겁니다."

"그런데 왜 이러시는 거예요?"

"너무 염려 마세요. 그냥 기침이 나는 거예요."

"그런데 왜 기침이 안 나오고 호흡곤란이 생기냐고요?"

"올라오던 기침이 떨어져서 그래요."

"기침이 떨어져요?"

"네, 그래서 호흡곤란이 오는 거예요."

간호사의 도움으로 몸을 똑바로 누이며 천Lee는 흘깃 한나를 살폈다. 간호사의 말을 이해할 수 없다는 표정이었다. 그 표정 안에는 공포에서 비롯된 불안이, 불안에서 비롯된 예민함이 가득 배어 있었다. 그리고 그 모든 것이 혼재된 슬픔이 담겨 있었다. 천Lee는 여전히 눈시울이 축축한 한나가 자신보다 더 안정을 취해야 할 것 같았다. 얼른 두 사람 모두가 들을 수 있도록 손을 내저으며 말했다. 그만 쉬고 싶어.

4

재회

이 년이 걸릴지, 삼 년이 걸릴지, 그보다 더 걸릴지 모르겠다던 알은 밤 비행기를 타고 아프리카로 떠났다. 그날은 아침부터 하루 종일 안개비가 내렸다. 긴 머리를 질끈 묶은 천Lee는 오늘 같은 날 하필이면 비가 오느냐고 투덜거렸고, 알은 이 정도는 비가 오는 것도 아니라며 멋쩍게 웃었다. 아프리카에서는 하루에도 몇 번씩 날이 맑았다 흐렸다 하며 폭우가 쏟아진다는 거였다. 알은 폭우 이야기를 시작으로 저녁을 먹는 내내 아프리카에서 자신이 직접 보고 들은 이야기를 펼쳐놓았다. 나이지리아 아피에세레에서는 많은 여인들이 먹고살기 위해 목숨을 걸고 가스 화염이 타오르는 바위에다 곡물 반죽을 넣어 말린다는 이야기. 케냐 캠피야칸지의 야영장에서는 관광객들이 마사이 족 사냥꾼들과 함께 걸으며 야생동물을 뒤쫓는 체험활동을 할 수 있다는 이야기. 음부티 족과 반투 족이라는 피그미 족의 소년들은 성인이 되기 위한 통과의례로 몇 달간 매일 채찍질을 당하는데, 그런데도 성격이 낙천적이라 한번 웃음이 터지면 배를 잡고 쓰러지도록 웃어댄다는 이야기. 잠비아에는 '질투는 독약'이라는 간판을 단 유명한 식료품점이 있다는 이야기 등등. 천Lee는 알이 들려주는 이야기가 흥미로워 빠짐없이 수첩에 메모했다. 그러자 알이 관련된 사진까지 찾아와 건네주었다.

그런 알이 녹색 체크무늬 우산을 펼쳐들고 집을 나서자 천Lee는 허전했다. 그가 식사를 하고 떠난 자리를 하염없이 바라보다가 애써 미소를 지었다. 그러지 않으면 눈물이 날 것 같았다. 사랑하는 애인이 떠난 것도 아닌데 눈물을 흘리는 것은 아무래도 이상한 일이 아닐 수 없었다. 아니, 천Lee는 자신이 왜 눈물이 날 것 같은지 알고 있었다. 아직 아물지 않은 케이에 대한 감정, 아직 뭐라고 말할 수 없는 마농에 대한 감정 때문이었다. 그동안은 알이 곁에 있어 견딜 만했지만 혼자가 되는 순간 사정없이 휘둘릴 것이었다. 천Lee는 감정을 추슬러야만 했다. 심호흡을 하며 어머니의 말을 떠올렸다. 어떤 경우에도 엄마가 늘 옆에 있다는 사실을 잊지 말라는.

천Lee는 쓸쓸한 겨울바다를 홀로 거니는 사람처럼 묵묵히 버텼다. 말도 하지 않았고, 웃거나 울지도 않았다. 감정이 드러나는 일체의 행동을 하지 않으며 오직 그림만 그렸다. 음식도 최소한으로만 먹으며 마음을 비워내려고 애썼다. 어쩌다 한 번씩 들고 있던 나이프로 팔뚝에 자해를 하고 싶은 충동이 일었지만 그 또한 더욱 미친 듯이 그림을 그리며 참아냈다. 그러자 감정의 기복이 사라지고 어느 정도 평상심이 유지되었다. 모든 것이 견딜 만했다. 유명한 화가가 되어 보란 듯이 케이 앞에 서겠다는 결심도, 마농을 찾아갈 만큼의 지독한 외로움도 서서히 희미해져갔다. 그렇게 시간이 흘렀다. 그 시간들이 고스란히 작품으로 쌓여갔다.

그러던 어느 날, 마농이 찾아왔다. 오랜 기다림에 지친 얼굴이었다. 그러나 천Lee의 작업실로 들어선 마농은 생기가 돌기 시작했다. 천Lee의 작품들을 하나하나 살피며 흥분했다. 얼굴이 붉게 달아올라 말없이 천Lee를 바라보았다. 천Lee도 말없이 마농을 마주 보았다. 그렇게 천Lee와 마농은 그윽한 눈빛으로 말이 없는 말을 서로 주고받았다. 마농과의 개인적인 관계는 그것으로 끝이었다. 그 뒤 마농은 여기저기 천Lee의 작품을 소개하고 거론했다. 그것이 순식간에 화단의 관심으로 이어졌고,

천Lee를 유명한 화가로 만드는 계기가 되었다. 마농은 말했다. 나와의 섹스 때문이 아니라 너의 그림이 훌륭해서야.

정신없이 바쁜 시간이 이어졌다. 천Lee는 생활을 단순화시킬 필요성을 느꼈다. 아침에 일어나 오후 세 시경까지 그림을 그리고, 저녁엔 꼭 필요한 사람을 만나거나 요가를 하며 휴식을 취했다. 그 외의 일은 하지 않고 오직 그림 작업에만 몰두했다. 천Lee는 그렇게 사는 것이 더없이 행복했다. 그런데 어느 날이었다. 느닷없이 전화 한 통이 걸려왔다. 상대방은 천이야! 하고 말한 뒤 한동안 침묵했다. 천Lee 역시 누구시죠? 하고 대답한 뒤 한동안 침묵했다. 상대가 먼저 울먹한 소리로 입을 열었다. 한 번 더 천Lee의 이름을 불렀다.

"천이야!"

천Lee는 헉, 하고 늑골이 조이며 숨이 막혔다. 아무런 생각도 할 수 없었다. 상대가 다시 말했다. 내가 너무 늦게 왔지? 천Lee는 여전히 멍했다. 여전히 아무런 대답도 할 수 없었다. 미안해, 최선을 다했지만 이제야 오게 됐어. 그제야 천Lee는 상대가 누구인지 알면서도 짐짓 물어보았다.

"케이?"

"그래, 나야."

"그랬군요."

"이틀 전에 파리에 왔어."

"그랬어요?"

"연락처를 알아내기가 쉽지 않았어."

"그랬군요."

"천이야, 보고 싶어!"

"그래요?"

천Lee의 덤덤한 반응에 케이는 더 이상 말을 잇지 못했다. 금방 갈게, 하고 빠르게 속삭인 뒤 천Lee가 무슨 말을 하기도 전에 전화를 끊었다. 그러나 천Lee는 수화기를 내려놓기도 전에 이성이 무너져버렸다. 흐흑, 하고 울음을 터뜨리며 너무 못되게 전화를 받았다는 후회를 했다. 잠시 뒤엔 꿈을 꾸고 있는 건 아닌지, 정말 케이가 오고 있는 건 맞는지 믿을 수가 없어 온 집안을 서성거렸다. 엉겁결에 거울 앞으로 달려가 머리를 빗고 다시 서성거렸다. 그리고 택시에서 내리는 케이를 발견했을 때는 미친 듯이 문밖으로 뛰쳐나갔다. 처음 케이를 만났을 때처럼 무작정 달려가 그의 품에 안겼다. 케이 역시 처음 만났을 때처럼 두 팔을 벌리고 천Lee를 끌어안았다. 아무 말도, 아무 설명도 하지 않고 키스를 했다. 천Lee도 아무 말도, 아무 질문도 하지 않고 그를 받아들였다. 그러곤 이틀 뒤 알에게서 전화가 오자 케이가 왔어요, 당분간 여기서 함께 지내야 할 거 같아요, 하고 간결하게 사실을 알렸다. 당분간이 이 년이 될지, 삼 년이 될지 모르겠지만. 천Lee의 말에 알은 Félicitations! Félicitations! 하고 축하한다고 거듭 외쳤다. 우리 둘 다 좋은 일이 생기는 것 같아! 하고 알 수 없는 말을 외친 뒤 하하하 웃으며 전화를 끊었다.

마음이 시키는 대로

왠지 알이 보였다. 알의 발 앞에는 두 마리의 개가 드러누워 있었고, 탁자 위에 있는 주전자에서는 아프리카 차가 끓고 있었다. 천Lee는 후덥지근했다. 무더위를 참지 못하고 삐걱거리는 나무 문을 활짝 열어버렸다. 그러자 알이 소리쳤다. 문밖은 더 더워! 그 소리에 늘어져 있던 개들이 벌떡 일어났다. 그 순간, 천Lee도 깜짝 놀라며 선잠을 깼다. 꿈이었다.

천Lee는 게슴츠레 눈을 뜨고 한나를 찾았다. 그러나 한나가 보이지 않았다. 대신 거짓말처럼 케이가 저만치 있었다. 이미 이 세상 사람이 아닌 케이가 어떻게? 여기는 어디인가? 내가 죽은 건가? 천Lee는 당혹스러웠다. 재빨리 주변을 둘러보았다. 투박한 외형과 어울리지 않게 푸른 조명이 내장되어 있어 블루밍이라고 불렀던 검은 장식장, 앤티크풍의 하얀 왜건, 검은 면피가죽의 기능성 소파가 눈에 들어왔다. 그리고 그 소파 위에 케이가 앉아 있었다. 천Lee 자신은 한쪽에 놓여 있는 흔들의자에 앉아 막 잠에서 깨어나고 있었다. 그제야 천Lee는 자신이 꿈속의 꿈에서 깨어났고, 그 깨어난 꿈속이 케이와 파리에서 세 번째 보낸 어느 여름날과 똑같은 풍경이라는 걸 알 수 있었다.

천Lee는 케이와 함께 있는 것이 꿈이라도 행복했다. 깨어나고 싶지 않았다. 기시감이 들었지만 이것이 꿈이라는 사실조차 잊고 케이의 모습에 집중했다. 그리고 어느덧 현실과 연결된 잠결을 완전히 닫아버리고 완벽하게 꿈속으로 들어갔다. 다음 순간, 꿈속의 흔들의자에서 일어났고, 활짝 웃으며 케이를 향해 걸어갔다. 케이는 현실에서처럼 아내에게서 온 편지를 손에 들고 침통하게 앉아 있었다. 천Lee는 케이를 사랑했기에 마음을 편안하게 해주고 싶었다. 케이의 손에 들려 있는 편지를 빼앗아 탁자 위에 올려놓으며 나는 지난 이 년으로 충분해, 당신은 이제 아무 걱정 말고 한국으로 돌아가, 하고 말했다. 그러곤 케이의 머리를 감싸안아 가슴에 품었다. 케이는 그러고 싶지 않아, 하고 신음하듯 중얼거렸다. 그러나 천Lee는 이제 케이를 돌려보내야 한다는 것을 알고 있었다. 천Lee가 아무리 잡아도 케이가 돌아갈 수밖에 없다는 것도 잘 알고 있었다. 누구든 매 순간 선택을 해야 하는 것이 인생이고, 더 이상 여지가 없을 때의 선택은 이성을 잃으면 안 되는 거였다. 이성을 잃으면 추잡해지는 거였다.

그래도 케이와 함께 지낸 시간이 생애 가장 행복한 순간이었어.

그런 생각을 하며 천Lee는 꿈에서 깨어났다. 한나가 가까이 서서 내려다보고 있는 게 느껴졌다. 그러나 천Lee는 눈을 뜨지 않고 그대로 누워 케이와의 지난날을 떠올렸다. 케이는 이 년 임기의 교환교수로 파리에 온 것이었다. 때문에 천Lee는 예전에도 늘 그랬듯이 이번에도 마음을 비우고 무엇이든 받아들일

각오를 하고 있었다. 그나마 주어진 이 년이라는 시간을 오히려 고맙고 소중하게 여겼다. 달리 도리가 없었다. 그러나 케이는 점점 시간이 흐를수록 괴로워했다. 수없이 돌아가지 않겠다고 중얼거리다가도 어떡하지? 하고 고민에 빠져들었다. 나중엔 아예 자기 자신이 누구인지 외면을 했다. 임기가 끝난 뒤에도 곧바로 돌아가지 않고 천Lee 곁에 머물러 있었다. 그의 아내가 수십 통의 편지를 보내와도 변명조차 하지 않으며 될 대로 되라는 식으로 지냈다. 천Lee는 그런 그의 모습을 보며 남자가 어린아이 같다는 말이 무슨 뜻인지 알 것 같았다. 그래도 그가 스스로 이성을 찾을 때까지 말없이 기다렸다. 그러면서 인생의 한 가지 중요한 결정을 내렸다. 케이와의 사이에서 자식을 낳아야겠다는. 그것은 천Lee가 케이를 진정 사랑했기에 가능한 일종의 본성이었다. 자연이었다. 천Lee는 자신의 마음이 원하는 바에 충실한 일이기에 조금도 망설일 이유가 없다고 생각했다.

거위

케이는 부모님이 몸져눕고, 쌍둥이 중 하나가 신장염으로 병원에 입원했다는 편지를 받은 뒤에야 현실을 직시하기 시작했

다. 평소보다 길고 격렬한 섹스를 나눈 뒤 천Lee의 등을 쓰다
듬으며 나지막이 속삭였다. 미안해, 갔다 올게. 꼭 다시 올게.
천Lee는 그 순간 다시 한 번 생각했다. 상대가 미안하다는 말
을 자주 하는 사랑은 마음을 비우고 아무것도 바라지 않아야 하
는 관계라고. 천Lee는 케이에게 말했다.

"미안하다는 말은 하지 않기로 해요."

케이가 어쩔 줄 모르고 다시 말했다.

"정말 미안한 걸 어떡해?"

"미안하다는 말밖엔 달리 해줄 말이 없기 때문인 거 같아서
싫다는 거예요."

"그건 아니야. 곧 돌아올 거야."

"우리, 그런 약속도 하지 말아요."

"정말이야. 오래 걸리지 않을게."

"아무 말도 하지 말고 가요."

"일 년 안에 다 정리하고 올 거야."

아무튼 케이는 그러고도 우두커니 앉아 사흘 낮밤을 보내고
서야 천Lee의 곁을 떠났다. 그날은 교환교수 임기가 끝나고 육
개월이나 지난 시기였고, 천Lee의 자궁에 아들이 자리 잡은 지

팔 주하고도 이틀째 되는 날이었다. 물론 천Lee는 케이에게 임신한 사실을 알리지 않았다. 아무것도 바랄 수 없으니 그래야 할 것 같았고, 대안이 없기에 그래야만 했다. 답이 없는 일이었다. 때문에 케이가 돌아간 그날 밤, 천Lee는 작업실에서 붓을 든 채 새벽을 맞았다. 캔버스 앞에 하염없이 앉아 있다가 한 쌍의 거위를 그렸다. 날지 못하는 새 거위. 캔버스 뒤쪽에다가 어느 시인의 시도 몇 줄 적어넣었다.

어려서부터 거위를 키우고 싶었다
시골장에서 거위 병아리를
멀거니 쳐다보다가 돌아온 날
거위가 비워놓은 거위우리에 들어가
날갯짓하는 꿈을 꾼다
왜 내가 하필이면 거위를
날지 못하는 거위를
날갯짓 우스운 거위를
꿈꾸는지 모르겠다고 투덜대다가
잠에서 깬 새벽녘*

* 윤후명, 〈날개 달기〉

윤후명, 날개 달기 2. 종이에 아크릴릭 77×52.5cm 2010

배 속에 아이가 있기 때문인지, 아니면 사랑에 대한 생각이 달라졌는지 천Lee는 케이가 떠난 사실이 크게 슬프지 않았다. 케이가 다시 오지 못할 거란 예감이 들었지만, 그것도 그리 큰 슬픔으로 느껴지지 않았다. 역시 케이는 다시 오지 않았다. 천Lee는 생각했다. 세상엔 무모한 사랑도, 무모하지 않은 사랑도 없다고. 그저 사랑일 뿐이라고. 반드시 함께 있지 않아도 사랑이 될 수 있고, 함께 붙어 있어도 사랑이 아닐 수 있다고.

그래도 간혹 천Lee는 몸서리치게 케이가 그리울 때가 있었다. 그러면 알에게 편지를 썼다. 알은 천Lee의 임신 사실을 누구보다 큰 소리로 반겼고, 많은 관심을 기울였다. 아들이 태어났을 때는 아들의 건강과 행복을 빈다는 메시지와 함께 아기 침대와 옷장, 장난감 등 크고 작은 아기용품을 주문하여 계속해서 선물로 보내왔다. 천Lee가 이제 그만! 하고 밝은 소리로 외치자 피식피식 웃으며 유일한 낙이었는데, 하고 멈췄다.

선물처럼

이 년이 걸릴지, 삼 년이 걸릴지 모르겠다던 알은 사 년 만에 돌아왔다. 자신에게만 수녀처럼 군다는, 만나는 모든 남자들과 쉽게 어울리면서도 자신에게는 절대 곁을 주지 않는다는, 그 이유를 물으면 네가 소중하기 때문이라고 말해 알을 힘들게 한다는 '해수'라는 여자와 함께였다. 두 사람이 손을 잡고 나타났을 때 천Lee는 생각했다. 그래서 알이 우리 둘 다 좋은 일이 생기는 것 같아, 하고 알 수 없는 말을 했구나. 천Lee 역시 알이 그랬던 것처럼 Félicitations! Félicitations! 하고 축하한다고 거듭 외쳤다.

해수는 집시 같은 여자였다. 자유롭고, 열정적이었다. 그리고 무엇보다 자연주의자였다. '코끼리를 보호하자'라는 꽤 알려진 단체를 만든 장본인이었고, 야생동물보호협회의 중심 멤버이기도 했다. 천Lee는 알이 왜 그토록 그녀를 좋아하는지 알 것 같았다. 아무튼 아프리카로 파견되어 구 개월 동안 울창한 밀림 속에서 지내던 해수는 어느 날 화강암 바위에 웅크리고 앉아 광활하게 펼쳐진 나무숲을 바라보고 있다가 문득 세상 끝에 와 있다는 생각이 들었다고 했다. 또한 더 이상 갈 곳이 없다는, 이젠 자신과 마주 서야 한다는 느낌이 들었다고 했다. 결국 누군가 너는 누구냐고, 이제 어떻게 살 거냐고 묻는 듯한, 그 최후의 통첩 같은 상황에서 그녀의 머릿속에 선물처럼 떠오른 것이 딱 하나, 알이었다고 했다. 그녀는 말했다.

"알이라도 떠오르지 않았으면 나는 그 바위에서 떨어져 죽어버렸을 거야."

어느덧 천Lee는 알보다 해수와 더 가깝게 지내는 사이가 되었다. 알이 직업상 자주 집을 떠나 있는 탓도 있었지만, 해수는 의외로 영향력 있는 사람들을 많이 알고 있었다. 알의 친구들이 주로 사진작가라면, 해수는 문화예술뿐만 아니라 언론계 사람들과도 친분이 많았다. 뜻밖에 마농과도 친분이 있었다. 마농과 함께 천Lee에게 많은 도움을 주었다. 덕분에 천Lee는 아주 빠른 속도로 파리 화단의 주류에 속할 수 있었다. 그뿐이 아니었다. 해수는 아이를 무척 좋아했다. 천Lee의 아들을 마치 자기 자식처럼 돌보았다. 천Lee가 일이 있건 없건 거의 키우다시피 했다. 천Lee는 그런 해수가 있어 모든 것을 잊고 그림에만 집중할 수 있었다.

어쩌면 그 시절이 천Lee의 인생에서 가장 빛나는 시간일 터였다. 그 당시, 천Lee는 하는 일마다 술술 잘 풀렸다. 모든 사람들이 반겼고, 그림 값도 깜짝 놀랄 정도로 하루가 다르게 치솟았다. 매번 최선을 다해 그림을 그렸지만 간혹 스스로 부족하다 싶은 작품도 호평을 받았고, 그것을 사겠다고 달려들었다. 천Lee는 조금 어리둥절했지만 나름대로 정리를 했다. 단지 운 때문만은 아니라고. 그랬다, 세상의 일이란 그리 호락호락하지 않았다. 무엇이든 엄청난 산고가 따라야만 했다. 누가 뭐라고 해도 천Lee에겐 쓸쓸한 겨울바다를 홀로 거니는 사람처럼 묵묵히 버텨낸 시간들이 있었다. 그러니까 케이와 함께하지 못하는 힘든 시간들이 천Lee를 화가로 만든 것이었다. 아비를 배제한 자식을 선택한 대가가 너무 지독하여 어머니나 할머니처럼 바위 속으로 들어가 앉아 있는 듯한 심정으로 버틴 그 모든 시간들까지. 사실, 천Lee는 케이와 함께 지내던 시간에는 거의 그림을 그리지 못했었다.

어쨌든 천Lee가 프랑스 화단을 넘어 이태리 화단에서 선정하는 '올해의 젊은 작가'로 뽑혀 세계적으로 이름이 알려지기 시작할 무렵 알과 해수는 한국으로 들어갔다. 대부분의 입양아들이 그렇듯, 가족에 대한 그리움 때문이었다. 불행히도 두 사

윤후명, 인도 이야기. 캔버스에 아크릴릭 81.5×63.5cm 2007

람의 부모님은 모두 세상을 떠나 없었지만. 불행 중 다행히도 두 사람은 별 어려움 없이 형제자매를 만났고, 아픈 기억을 씻어버렸고, 어느 정도 마음의 평온을 얻었다. 그러나 얼마 뒤 알은 세 살 된 딸 해미를 안고 혼자 파리로 돌아왔다.

막다른 골목

해수의 꾸밈없는 말투를 떠올리며 천Lee는 눈을 떴다. 한나가 침대 주변을 정리하고 있다가 밝게 웃었다. 그런 한나를 바라보며 천Lee는 중얼거렸다.

"그래도 내가 인복은 있는 모양이야."

한나가 되물었다.

"인복이요?"

"그래, 한나를 봐도 그렇고, 해수 언니를 떠올려도 그렇고. 그외에도 생각해보면 도움을 준 사람들이 무척 많아."

"해수 언니라면, 그분이시죠?"

"그래, 해미 생모 말이야."

"해미가 아기 때 돌아가셨다면서요?"

"그랬지."

"무슨 일로 그렇게 젊은 나이에 돌아가셨어요?"

천Lee는 평생 비밀로 간직했던 이야기를 꺼내놓자니 망설여졌다. 그러나 이왕 말이 나왔으니, 또한 정신이 조금이라도 더 있을 때 한나에게 모든 사실을 알려주는 게 좋겠다는 생각이 들었다. 그래야 해미가 어른이 되었을 때, 한나가 천Lee 대신 해미에게 진실을 말해줄 것이었다. 천Lee는 한나에게 가까이 와 앉으라고 손짓했다.

"해수 언니는 해미를 낳고 갑자기 근육이 굳는 병에 걸려 일 년 정도 고생하다가 죽었어. 그런데 기가 막힌 건, 왜 그랬는지 해수 언니가 나에겐 병에 걸린 사실을 알리지 못하게 했다는 거야. 나는 아무것도 모르고 그저 가끔씩 안부전화를 하며 수다만 떨었지. 어쩐지 이상하긴 했어. 나중엔 전화를 잘 안 받아서 뭐라고 했더니 내가 섭섭할 정도로 온갖 핑계를 대는 거야. 목감기로 목소리가 안 나와서 다른 전화도 받지 못했다나 뭐라나. 그러다가 삼 년 만에 파리로 돌아온다는 연락을 받았고. 나는 전시회 준비로 너무 바빴지만 그래도 특별히 시간을 내 공항으로 마중을 나갔어. 그랬는데 해수 언니가 보이지 않는 거야. 이혼을 했나 싶어 처음엔 알에게 아무 말도 하지 못했지."

그러나 그 당시, 그 지점에서 천Lee는 충격에 휩싸였다.

천Lee가 해미를 받아안자마자 알이 어린아이처럼 울음을 터뜨렸던 것이다. 천Lee는 그제야 목감기에 걸려 목소리가 안 나온다는 해수의 마지막 통화가 떠올랐다. 그리고 해수가 여러 번 반복하여 농담처럼 던진 말도 떠올랐다. 나는 지금 너무 행복해. 그래서 두려워. 이렇게 감기에만 걸려도 별생각이 다 들더라고. 그래서 하는 말인데, 천이야, 우리 둘 중 하나가 잘못되면 너는 내 딸의, 나는 네 아들의 엄마가 되어주기로 약속하자. 그리고 알도 잘 좀 챙겨줘. 나는 아버지가 죽자 엄마가 도망을 가서 너무나 불행했거든. 결국 그래서 입양도 되었고. 알도 마찬가지잖아. 너무 측은해.

해수의 죽음에 알은 아무것도 하지 못했다. 그가 하는 일이라곤 말없이 앉아 있다가, 느닷없이 흐느끼다가, 허탈하게 웃다가, 저녁이 되면 술을 마시고 그 술기운으로 나가떨어져 잠이 드는 것뿐이었다. 천Lee 역시 쉽게 충격을 떨쳐버리지 못했다. 알처럼 아무것도 하지 못했고, 작업실에 처박혀 오직 그림만 그렸는데, 그리는 모든 그림이 어둡고 암울했다. 검은 고양이가 머리 위에 올라앉은 여자와 그 여자의 손을 잡아끄는 아이, 무질서하게 늘어놓은 카메라를 밟고 서서 검은 풍선을 불고 있는 남자, 허리가 꺾인 채 화병에서 검은색으로 말라가는 여자, 온갖 검은 벌레들이 기어나오고 있는 반쪽 잘린 사과 등등 대부분의 그림들이 공통적으로 검은색을 띠고 있었다. 마농은 천Lee가 이 시기에 그렸던 작품들을 모아 '고통받는 영혼의 검은 눈물'이라고 표현했다. 또 다른 평론가는 '검은 물결'이라고 했다. 어쨌든 그 당시 천Lee는 수면제를 먹지 않으면 잠을 잘 수도 없을 정도로 고통스러웠다.

그런 시간이 일 년 가까이 흐른 어느 날이었다. 오후가 되도록 알이 방에서 나오지 않았다. 한 번쯤 물을 마시러 방문을 열고 나올 법한데도 전혀 인기척이 없었다. 천Lee는 기분이 이상하게 묘했다. 알의 방문 앞까지 걸어가는 동안에도 등골이 서늘하고, 머리카락도 전류가 흐르듯 주뼛하게 서는 느낌이었다. 천Lee는 서둘러 알의 방문을 노크했다. 아무 반응이 없었다. 다시한 번 더 노크했다. 역시 잠잠했다. 손잡이를 돌려보았다. 안쪽에서 잠겨 있었다. 일단 큰 소리로 알을 부르며 문을 쾅쾅쾅, 두드렸다. 그리고 허둥지둥 달려가 망치를 들고 왔다. 손잡이를 사정없이 내리쳤다. 천Lee는 자신의 몸 어디에 이런 괴력이 숨어 있었나 싶을 정도로 망치를 휘둘렀다. 손잡이가 요란한 소리를 내며 바닥으로 떨어지고 문이 열리자, 정신을 잃고 바닥에 널브러져 있는 알이 보였다. 알코올중독 때문이었다.

그제야 천Lee는 퍼뜩, 정신을 차렸다. 더 이상 슬픔에 잠겨 있을 수 없었다. 의식이 없는 알을 치료센터에 입원시키며 많은 생각에 빠져들었고, 한 가지 결론에 이르렀다. 이제 다시 또 다른 날개 달기를 할 시기라고. 천Lee는 생각하는 새가 되어 자신에게 남은 생을 여러 형태로 전개시켜 떠올려보았다. 그리고 알과의 결혼을 결심했다. 그렇게 하는 것이 농담처럼 진담을 건넨 해수와의 약속을 지키는 방법이었으며, 이미 많은 일을 겪은 천Lee에게도 나쁘지 않은 인생이었다. 오히려 자신의 그림 인생을 완성시키기에 가장 평화로운 방법이었다. 천Lee는 케이를 통해서, 또한 그간의 삶을 통해서 한 가지 분명하게 얻은 것이 있었다. 무언가를 이루려면 반드시 그 이면의 희생이 필요하다는 것을. 다 가질 수는 없었다.

"선생님을 보면 결혼이 뭔지 모르겠어요."

윤후명, 생각하는 새. 캔버스에 혼합재료 117×90.5cm 2010

한나의 말에 천Lee는 피식, 웃음이 터져나왔다. 천Lee는 결혼이 뭐겠어, 남녀가 정식으로 부부 관계를 맺는 거지 뭐. 아니, 남녀라고만 하면 안 되겠지? 두 사람이라고 해야겠네, 하고 하나 마나 한 소리를 했다. 그것이 하나 마나 한 대답이라는 것을 아는 한나는 천Lee의 말을 흘려들었다. 그러곤 진지하게 다시 물었다.

"선생님은 결혼을 뭐라고 생각하세요?"

천Lee는 조금 멋쩍었다. 이제 자신도 정리를 해야 할, 그래서 스스로도 막다른 골목에 놓여 있다고 생각하는 질문이었다. 천Lee는 당혹감에 농담처럼 대화를 이어나갔다.

"어떤 공갈단이 열 명의 여자에게 전화를 했대. 지금 당신의 남편이 불륜을 저지르고 있다고. 그런데 말이야, 열 명 중 세 명만 달려왔다는 거야."

"그러면 선생님은 어느 쪽이에요. 열 명 중 세 명 쪽이요? 아니면 일곱 명 쪽이요?"

"글쎄, 난 잘 모르겠네. 한나가 보기엔 어때?"

"저도 잘 모르겠어요. 진실하지 않은 관계는 맺지 않는 분이라서 상식적으로는 세 명 쪽에 속해야 하는데, 성격상 그런 일에 달려가실 것 같지는 않으니 말이에요."

천Lee는 한나의 말하는 모습이 보기 좋았다. 자신이 아프기
전의 어느 자리 같았다. 빙그레 웃으며 한나에게 대꾸했다.

"맞아, 내가 상식선에 있는 사람은 아니야."

"네, 그러기엔 너무 복잡하세요. 상식 이상이에요."

"맞아, 상식 이하라면 속이라도 편할 텐데. 그래서 내가 병에
걸린 거 같아."

"선생님은 또 그런 소리를……"

한나의 질책에 천Lee는 빙그레 웃었다. 귀엽게 눈을 흘기던
한나가 잠시 뒤 다시 말을 이었다. 천Lee를 막다른 골목으로
한 걸음 더 내모는 듯한 말이었다.

"남녀 간의 사랑도 뭔지 모르겠어요."

천Lee는 글쎄, 남녀 간의 사랑이 뭘까? 하고 되물으며 눈을
감고 생각에 빠져들었다. 자신의 인생을 돌이켜보면 상식선에
서 남녀 간의 사랑으로 설명할 수 있는 대상은 케이와 피제이였
다. 그러나 막상 결혼은 알과 했고, 그것에 대해 누군가 왜? 하
고 묻는다면 결코 간단하게 설명할 수는 없었다. 그렇다고 알과

의 관계가 사랑이 아니었다고 말할 수도 없었다. 천Lee는 언젠가 해수에게서 들은 이야기를 떠올렸다. 막다른 골목에서 '그래도 날자꾸나' 하고 서로를 보듬는 것이 진짜 사랑이 아닌가 싶어. 그렇다면 천Lee의 사랑은 알과 마농이었다. 상식을 넘어선 복잡한 구조였다. 그래도 이제 천Lee는 뭔가 어렴풋이 하나로 모아지는 느낌이었다. 사랑은 그저 사랑일 뿐이라고. 남녀 간의 사랑도, 가족 간의 사랑도, 그 외의 어떤 사랑도 모두 동그라미를 만드는 거라고.

직업정신

알과의 결혼생활은 완벽한 동지애로만 이루어졌다. 무슨 이유에선지 천Lee와 알은 서로에게 성욕이 일지 않았다. 아마도 둘 사이에 해수가 존재하고 있기 때문일 것이었다. 그렇다고 두 사람은 다른 사람과의 섹스를 원하지도 않았다. 자연스레 섹스가 배제된 관계, 그것이 더 평온한 관계, 두 사람은 더욱 견고하게 서로를 신뢰했고 행복했다. 일반적인 정상의 범위는 아니었다. 그래도 천Lee는 새로운 세상을 접하는 기분이었다. 마음이 비워지며 그림 작업에만 더욱 몰두할 수 있어 더없이 좋았다.

해수가 하던 일인 '코끼리를 보호하자'라는 단체에 관여를 하기 시작하면서 자연주의자도 되었다. 그리고 얼마 뒤엔 문화예술인들을 모아 자연 그대로를 느끼기 위해 여행을 떠나는 모임인 '바람을 향해서'까지 만들게 되었다. 천Lee로서는 새로운 인생이 펼쳐진 셈이었다. 알 역시 전보다 더 자신의 일에 매달렸다. 프랑스 세계 포토페스티벌에서 그랑프리를 수상했고, '밀렵의 정치학'이라는 제목으로 상아(象牙) 무역의 중단을 촉구하는 사진을 찍어 보도 부분의 대상을 받기도 했다.

  마음을 비운 관계로만 따지면 알과 피제이는 다를 바 없었다. 그러나 천Lee에게 있어 알과의 사이가 철저히 섹스리스였다면 피제이와는 온통 섹스 그 자체였다. 알은 '밀렵의 정치학'으로 상을 받은 다음 해에 세상을 떠났다. 아프리카에서 취재 도중 허벅지를 파고들어간 이름 모를 벌레에 의해 갑자기 죽음을 맞이했다. 천Lee는 자신이 무엇 때문에 이토록 많은 대가를 치르고 사는 건지 이해할 수 없었다. 오로지 죽고 싶다는 생각뿐이었다. 아니, 생애 처음으로 자살을 기도했다. 온전한 정신은 아니었다. 수면제를 먹고 잠이 들었는데 불행하게도 새벽 두 시에 잠이 깼다. 그리고 한 가지 생각에 사로잡혔던 것이다.

알이 죽음을 피할 수도 있었다는.

그러니까 투철한 직업정신이 알을 죽음으로 몰고 가지는 않았을 거라는 생각이 든 것이었다. 언론은 떠들어댔다. 살아 있는 사람의 피부에 알을 낳고 그 알이 부화할 때까지, 주변이 뻥 뚫리도록 피부를 빨아먹고 있는 생물에 대한 최초의 자료를 얻고자 알이 치료를 미뤘다고. 그것을 증명하듯 알은 허벅지가 썩어들어가는 고통을 참으면서 그 과정을 고스란히 카메라에 담아놓았다. 그러느라 결국 치료 시기를 놓쳐버렸다. 알의 동료들은 말했다. 알도 자신이 죽게 될 거라는 생각을 하지 못했을 거라고. 어차피 다리를 절단해야 하는 상황이기에, 그렇다면 촬영을 하고 다리를 절단해야 한다고 결정을 내렸을 거라고. 그들은 알이 일주일간 보이지 않아 또 어딘가에서 상을 받을 만큼 기막힌 사진을 찍고 있을 거라고 여겼다고도 했다. 그러나 천Lee는 알이 일부러 그런 식으로의 죽음을 택한 것 같아 고통스러웠다.

어쨌든 새벽 두 시에 잠에서 깨어나 알을 떠올린 천Lee는 무척 슬펐다. 호흡이 가쁘고 걷잡을 수 없이 눈물이 흘렀다. 수면제를 먹고 여덟 시간 안에 술을 먹으면 안 된다는 것을 잘 알고 있으면서도 술을 마시기 시작했다. 수면제를 과다하게 먹을 때부터 이미 이성은 마비되어 있었다. 천Lee는 횡설수설하며 여기저기 전화를 걸어댔다. 방금 누구와 통화를 했는지도 기억하지 못하고 같은 번호를 누르고 또 눌렀다. 한 번도 제대로 통화가 이루어지지 않았다. 어쩌다가 상대가 받으면 천Lee가 두서없는 말을 중얼거리다 끊어버렸고, 천Lee가 비교적 알아듣게 말을 하면 상대가 어서 잠을 자라며 한참을 타이르곤 끊어버렸다. 마지막으로 천Lee는 마농에게 전화를 걸었다. 자신이 무슨 말을 하고 있는지도 모르면서, 간간이 죽고 싶다는 말을 한 시간도 넘게 내뱉으면서 횡설수설 일방적인 통화를 했다. 그러곤 눈에 보이는 대로 긴 끈을 들고 휘청거리며 화장실로 들어갔다. 수건걸이에 그것을 동그랗게 걸고 목을 그 동그라미 안으로 끼워넣은 채 천천히 바닥으로 주저앉으며 정신을 잃었다. 다시 깨어났을 때, 천Lee는 병실에 누워 있었고 마농은 누군가와 통화를 하고 있었다.

단순하게

천Lee는 더 이상 파리에 머물고 싶지 않았다. 아무리 노력해도 파리에서는 감정 조절이 되지 않았다. 주변의 이목도 귀찮았다. 그렇다고 한국으로 돌아가고 싶지도 않았다. 결국 심리치료와 알코올치료가 끝나자 아들과 딸을 데리고 뉴욕으로 갔다. 마농은 천Lee가 파리를 떠나는 것을 극구 말렸다. 그동안 쌓은 명성이 아깝지도 않느냐고, 시간이 지나면 치유될 것이니 파리에 남아서 버텨야 한다고 조언했다. 차라리 일 년이고 이 년이고 세계여행을 다녀오라고 했다. 급기야 파리를 떠나면 두 번다시 보지 않겠다고 엄포까지 놓았다. 그러나 막상 공항에 배웅을 나와서는 어울리지 않게 눈물까지 보였다.

뉴욕에 도착한 천Lee는 두문불출하며 그림만 그렸다. 또다시 그림만 그리는 희생의 시간이 이어졌다. 그리고 뉴욕 생활 삼 년 만에 개인전을 열었고, 여덟 살 연하의 피제이를 만났다. 피제이는 천Lee의 작품을 뉴욕의 파워 갤러리에 최초로 전시한 한국계 독립 큐레이터 케일리의 동생이었다. 케일리는 어찌된 일인지 천Lee와 만나기로 한 자리에 피제이를 데리고 나왔다. 그러곤 자연스럽게 천Lee에게 소개를 했다. 피제이가 천Lee보다 두 살이나 나이가 많은 여자와 사별을 했다는 사실을 알게 된 천Lee는 케일리가 왜 그러는지 알 것 같았다.

피제이는 미국 내에서 꽤 활동을 하는 소설가였다. 게다가 누구라도 반할 정도로 잘생긴 외모에 세련된 매너를 갖추고 있어 인기가 있었다. 천Lee는 그의 얼굴을 보며 생각했다. 이렇게 잘생긴 사람과 이렇게 가까이 앉아서 밥을 먹고 이야기를 나누는 것은 처음이라고. 아마 앞으로도 없을 거라고. 기분이 나쁘지 않았다. 케일리도 둘 다 상처가 많은 사람이니 어쨌든 서로에게 위로가 되지 않겠느냐고 말했다. 그러나 천Lee는 그럴 수 없었다. 마음이 편치 않아 그와의 만남을 거절했다. 남녀의 사랑에 대한 갈증이 없었다. 오히려 지겨웠다. 이제는 그야말로 '거울 앞에 돌아와 선 누이'처럼 살고 싶었다.

피제이는 적극적이었다. 전화 받기도 꺼려하는 천Lee에게 자꾸만 전화를 걸었고, 한 번씩 불쑥불쑥 천Lee 앞에 나타났다. 그러면서 점점 가까이 다가왔다. 천Lee의 아들과 딸을 불러내어 센트럴파크에도 가고, 타임스퀘어의 스테이크 하우스에도 가고, 브루클린의 아이스크림 팩토리에도 갔다. 천Lee가 힘에 부쳐 쉽게 해주지 못하는 일들이었다. 그뿐이 아니었다. 천Lee가 '바람을 향해서'를 다시 추진하느라 정신이 없는 날에는 아이들을 데리고 시립 도서관에 가 있기도 했다. 천Lee는 피제이가 그러는 것이 고맙기도 하고 부담스럽기도 했다. 하지만 언제부터인지 휴일이 되면 아이들이 피제이를 기다리기 시작했다. 아이들은 천Lee와 함께 있는 것보다 피제이와 함께 있는 걸 더 좋아했다.

순전히 그 때문이었다. 천Lee는 아들과 딸이 피제이를 유난히 따르고 좋아하는 이유 하나만으로 피제이가 달리 보이기 시작했다. 남자로서가 아니라 그냥 피제이 같은 사람이 곁에 가까이 있어 좋았다. 무엇보다 케이나 알이 아이들에게 해주지 못한 것을 피제이가 채워준다는 사실이 고마웠다. 어느 날, 피제이가 천Lee에게 말했다. 너무 복잡하게 생각할 거 없어요. 우리 외롭잖아요. 천Lee는 며칠 동안 《도시에서 사랑하다》라는 피제이의 소설작품을 읽어보았다. 그러면서 그가 책 속에 적어놓은 한 문장을 곰곰이 생각해보았다.

때론 단순하게 생각할 필요가 있다.

천Lee는 피제이에게 말했다. 나는 상상도 할 수 없을 만큼 복잡한 사람이야. 상식적인 감정선을 가지고 있지도 않아. 그런데도 네가 마음에 들어서 이번엔 단순해져보려고 해. 우리 서로 미래에 대해서는 아무런 기대도 약속도 이야기도 하지 말자. 그냥 그때그때 하고 싶은 대로 지내자. 그리고 서로에게 조금이라도 짐이 되거나 부담이 느껴지면 언제든지 쿨하게 헤어지자. 헤어진 뒤에도 서로 미워하지 말고 사이좋게 지내자. 사실 나는 지난 십 년 가까이 섹스를 하지 않았어. 그게 더없이 편했기 때문이야. 그런데 요즘 어처구니없게도 너와 섹스를 하고 싶다는 생각이 드는 거야. 그렇다고 내가 너를 정말로 사랑하는 것 같지는 않아. 그동안 내가 사랑한 사람들과 너는 너무 다른 스타일이거든. 나도 너를 향한 이런 내 감정이 정확히 뭔지는 모르겠어. 한 가지 확실한 것은 무엇 때문인지 네가 나보다 여덟 살이나 어린 사람으로 느껴지지 않는다는 거야. 오히려 우리 오빠보다 더 든든하고 의지가 된다는 거야. 이런 일은 처음이야. 정말 이상한 일이지?

천Lee의 진지한 말에 피제이가 한결 경쾌하게 대답했다. 역시 당신은 너무 복잡해. 그리고 너무 잘난 척을 해. 하긴 그래도 될 만큼 잘난 여자이긴 하지만 말이야. 그런데 나와 섹스를 하고 싶다고 했지? 당신이 아무하고나 섹스를 하는 사람은 아니잖아. 무엇이든 마음이 먼저 움직여야 몸이 움직이는 사람이잖아. 그럼 간단하네, 당신은 나를 좋아하는 거야. 이미 사랑하는 거라고. 그리고 내가 연하로 느껴지지 않는다는 것도 나를 사랑하기에 자기 합리화를 시키는 심리가 아니겠어? 내가 당신에게 이렇게 반말을 하는 것도 기분이 나쁘지 않고 오히려 좋을 거야. 너무 유치한 것 같아 인정하기 싫겠지만 말이야. 그게 사랑이거든. 두고 봐, 당신은 이제 곧 나에게 사랑 고백을 하게 될 거야. 그 전에, 당신이 자존심을 지킬 수 있게 내가 먼저 말할게. 당신을 사랑해.

피제이가 천Lee의 집으로 들어온 것은 크리스마스 날이었다. 십이월이 되자 엠파이어 스테이트 빌딩 꼭대기에 녹색 전구와 붉은색 전구가 환하게 밝혀졌다. 언제나 번쩍거리던 거리도 더욱 번쩍거렸다. 세인트 패트릭 대성당 근처의 고층 건물 사이에는 세계에서 제일 크다는 크리스마스트리가 세워졌다. 그 트리 위에는 '스와로브스키'에서 협찬한 별이 달려 있었다. 십이월 이십사 일 오후에는 아이들도 피제이와 함께 트리를 만들었다. 천Lee는 그 시간에 파티 음식을 만들었다. 그러면서 참으로 행복하다는 생각을 했다.

떠들썩한 파티가 끝난 뒤 아이들이 각자의 방으로 들어가자 피제이는 반짝이는 트리 아래 세 개의 선물상자를 가져다놓았다. 천Lee가 와우! 하면서 반기는 시늉을 하자 피제이가 선물 고르는데 조금 힘들었어, 하고 웃었다. 평생 간직하며 두고두고 기억을 떠올릴 수 있는 것이 좋을지, 그냥 지금 갖고 싶은 것이 좋을지 고민을 했다는 거였다. 천Lee는 그냥 지금 갖고 싶은 것이었으면 좋을 것 같았다. 그러나 피제이는 뜻밖에 '스노볼' 세 개를 사왔다. 아들의 것은 눈사람 모양으로 배 부분의 볼 안에 하얀 눈이 소복이 덮인 평화로운 마을이 담겨 있었다. 딸아이 해미의 것에는 다람쥐들이 이리저리 뛰어다니는 하얀 숲이 담겨 있었는데, 나무 하나하나에 팅커벨 같은 천사들이 앉아 있었다. 천Lee의 것은 크리스털 볼에 하얀 지구본 하나가 달랑 담겨 있었다. 피제이가 태엽을 돌리자 지구본이 위에서부터 반으로 갈라져 열리면서 하얀 새가 수없이 날아올랐다. 천Lee는 탄성을 터뜨리며 생각했다. 아, 이 사람이 무척 외롭구나, 나도 무척 외로웠구나.

자정이 넘자 함박눈이 내리기 시작했다. 뉴욕 생활 사 년 만에 처음 맞이하는 화이트 크리스마스였다. 천Lee는 이상하게 마음이 들떴다. 피제이가 아이들을 깨우자고 했지만 고개를 저었다. 피제이와 단둘이 있고 싶었다. 손가락으로 쉿! 하고 피제이의 손을 잡아끌었다. 발뒤꿈치를 들고 피제이를 자신의 방으로 데리고 들어갔다. 그리고 하얗게 눈이 쌓이고 있는 거리를, 그 거리에서 노랗게 빛나고 있는 가로등을 내려다보며 말했다.

"안아줘!"

피제이가 싱긋 웃으며 말했다.

"사랑한다고 해봐."

천Lee도 싱긋 웃으며 대꾸했다.

"하는 걸 보고."

그렇게 천Lee와 피제이는 은밀하게 밀고 당기며 서로를 희롱했다. 피제이가 확실하게 보여주겠다며 달려들면 천Lee는 슬쩍 몸을 돌려 달아났고, 천Lee가 다가가면 이번엔 피제이가 뒤로 물러나며 콧잔등을 찡긋거렸다. 두 사람은 그러면서 한껏 달아오를 때까지 서로를 갈망하는 숨결을 느꼈다. 그리고 어느 순간 더 이상 참지 못하고 서로에게 달려들었다. 마침내 천Lee는 땀으로 흠뻑 젖은 피제이에게 말했다. 가지 마! 같이 있고 싶어. 피제이도 땀으로 흠뻑 젖은 천Lee에게 말했다. 내일 짐 옮길게. 이제 그만 같이 살자.

5

잿빛 얼굴

선생님, 몽니라는 밴드의 노래예요. 한나의 말에 천Lee는 눈을 떴다. 그리고 비로소 들려오는 노랫소리에 귀를 기울였다. 그러나 케이와의 복잡했던 사랑과, 알과의 처절했던 사랑과, 피제이와의 단순했던 사랑을 모두 떠올린 천Lee는 노래가 귀에 들어오지 않았다. 왠지 '더는 사랑노래 못 쓰겠다' 하고 거듭 외치는 부분만 돌출되어 머릿속으로 날아와 박혔다. 그 외에는 그저 웅얼거리는 소리로만 들렸다. 아무래도 나중에 들어야 할 것 같았다. 손을 내저어 한나에게 그만 노래를 끄라는 신호를 보내고 다시 눈을 감았다. 너무 많은 생각을 한 탓인지 피곤했다. 일단 잠을 자야 할 것 같았다.

잠결에 누군가 병실 문을 두드리는 소리가 들려왔다.

그러나 천Lee는 눈을 뜨지 못했다. 그대로 꿈인지 환영인지 모를 세계로 빠져들었다. 하얀 설산이 보였다. 그 위로 하얀 새 한 마리가 떠 있는 것도 보였다. 무슨 새인지 알 수 없었다. 그냥 새라고밖에 말할 수 없는 그냥 새였다. 그런데도 어찌 된 일인지 천Lee는 얼핏 그 그냥 새 안에서 케이를 보았고, 알을 보았고, 피제이를 보았다. 설산 안에서는 천Lee를 향해 뚜벅뚜벅 걸어나오는 백이 있었다. 백은 날지 못하는 새, 거위 한 마리를 가슴에 안고 있었다. 천Lee는 그런 백을 바라보며 주춤주춤 뒷걸음질을 쳤다. 그가 백이라는 사실을 잘 알고 있으면서도 엉뚱한 말을 했다. 누구세요?

   그랬는데 천Lee의 입에서 누구세요? 하는 말이 튀어나오는 순간 케이와 알과 피제이의 모습이 감쪽같이 사라졌다. 설산 안의 백 또한 형체가 점점 희미해지더니 사라져버렸다. 대신 그 텅 빈 자리에 어머니의 모습이 서서히 나타났다. 마치 흩어져 있던 입자가 하나로 모여 형체를 이루듯 신기한 장면이었다. 그러나 천Lee는 드러난 어머니의 얼굴을 보며 고개를 갸웃했다. 어머니의 얼굴색이 잿빛이었다. 게다가 초점 잃은 눈동자. 천Lee는 흠칫 놀라 뒷걸음질을 쳤다. 그러면서 쿵 쿵 쿵, 자신의 심장이 사정없이 뛰는 소리를 들으며 꿈인지 환영인지 모를 세

윤후명, 설산의 새. 캔버스에 혼합재료 53×45.5cm 2009

계에서 깨어났다.

쿵 쿵 쿵. 심장이 뛰는 소리는 병실 문을 두드리는 똑똑똑, 노크 소리로 교체되며 천Lee의 두 눈을 부릅뜨게 만들었다. 천Lee는 엉겁결에 외쳤다. 아, 꿈이었어! 어떡해? 동시에 한나가 선생님, 안 좋은 꿈이라도 꾸셨어요? 하고 물으며 재빨리 병실 문 쪽으로 달려갔다. 그사이, 어느 정도 정신을 차린 천Lee는 가슴 부위를 손바닥으로 지그시 눌렀다. 심장의 두근거림이 좀처럼 멈추지 않았다. 꿈속에서 본 어머니의 잿빛 얼굴이 사정없이 마음을 뒤흔들고 있었다. 천Lee는 불안했다. 심호흡을 하며 정신을 가다듬었다. 그런데 왠지 명료해지는 느낌이 들지 않았다. 이제는 멀쩡한 시간보다 그렇지 않은 시간이 더 많은 것 같았다. 그래도 아까는 정신이 맑아 한나와 꽤 많은 이야기를 나눴는데, 왜 또 갑자기 이러는 건지. 게다가 왜 또 이런 꿈을 꾼 건지. 천Lee는 자신의 죽음을 받아들여야 할 시기가 온 것 같았다. 어머니가 세상을 떠나기 전에도 비슷한 꿈을 꾼 적이 있었다. 그때는 아버지가 꿈속에 나타났는데, 역시 초점 잃은 눈동자에 얼굴색이 잿빛이었다. 그 꿈을 꾸고 이틀 뒤 천Lee는 어머니가 두 달째 병원에 입원해 있다는 소식을 들었다. 한나를 통해서였다.

단단한 뼈

그날은 한나를 처음 만난 날이기도 했다. 한나는 천Lee를 섭외하기 위해 한국에서 뉴욕으로 출장 온 큐레이터였다. 한국에서의 활동을 피하는 천Lee에게는 결코 반가운 손님이 아니었다. 천Lee는 한나의 전화를 받지 않았다. 그래도 한나는 끈질기게 메시지를 남겼다. 천Lee가 만남조차 갖지 않으려고 하자 어느 날 오후 다짜고짜 집 앞으로 찾아왔다. 마치 오래전 무작정 마농을 찾아간 천Lee처럼. 아무튼 한나는 아파트 입구로 들어가려는 천Lee에게 대뜸 말을 걸었다. 천Lee 선생님, 안녕하세요? 천Lee는 귀찮았다. 그러나 한나의 단아한 모습이 유난히 눈에 들어왔다. 잠시 멈춰 선 천Lee에게 한나는 말했다.

"어머니하고 많이 닮으셨어요."

그 말을 듣는 순간 천Lee는 어이가 없었다. 이게 뭔가, 싶었다. 머릿속에서 온갖 말들이 두서없이 맴돌았다. 당신 뭐야? 나를 섭외하려고 내 뒷조사를 했어? 무례한 사람이네. 내 어머니를 알고 있다고? 어머니를 만나서 사전 작업을 한 거야? 한국에서는 그런 식으로 일을 하나?

　그러나 잠시 뒤 천Lee의 입에서는 엉뚱한 말이 흘러나왔다.
문득 그 이틀 전 꿈속에 나타난 아버지의 잿빛 얼굴이 떠오른
것이었다.

　"내 어머니를 보셨어요? 언제요? 건강하신가요?"

　천Lee의 말에 한나가 의아한 표정을 지었다. 뭔가 망설이다
가 어색하게 웃으며 되물었다.

　"선생님, 많이 바쁘시죠?"

　천Lee는 한나가 거짓말을 하는 사람이 아니라는 생각을 하
며 다시 물었다.

　"네, 그런데 내 어머니를 만난 게 아니었어요?"

　"그게 아니라, 선생님께서 최근엔 어머니를 못 보신 듯해서요."

　한나의 대답은 분명 조심스러웠다. 천Lee는 한나가 배려심
도 있는 사람임을 알 수 있었다. 또한 어머니에게 뭔가 문제가
있다는 것도 알 수 있었다. 마음을 감춘 채 대놓고 물었다.

　"나에게 무슨 말이 하고 싶은 거예요?"

　"선생님, 이번에 어머님하고 시간도 보낼 겸 한국에서 초대전
한번 하시지요?"

천Lee는 답답했다. 자신의 용건만 떼어내어 다시 물었다.

"내 어머니를 만나고 온 게 아니었어요?"

"아니, 만나 뵈었어요. 그런데 제가 지금 선생님께 어떻게 말씀을 드려야 할지 모르겠어요."

천Lee는 당신 뭐야? 왜 그래? 하는 표정으로 한나를 바라보았다. 그러다가 또다시 꿈속에 나타난 아버지의 잿빛 얼굴을 떠올렸다. 천Lee는 심장에서 쿵 소리가 나는 것 같았지만 한 번더 차분하게 물었다.

"말해보세요, 내 어머니에게 무슨 일이 있는지."

한나가 두 손을 앞으로 모아 잡고 난감한 표정으로 대답했다.

"죄송합니다. 어머님께서 지금 병원에 계신 걸 모르시는 것같네요."

"병원에요? 왜요? 어느 병원에요?"

"제가 지금 병원 전화번호를 갖고 있는데 알려드릴까요?"

어머니는 기다렸다는 듯 즉시 전화를 받았다. 생각보다 힘찬목소리였다. 별거 아니야, 나도 이제 늙었나 보다. 장 만드느라조금 무리를 했더니 이렇게 됐다. 오늘 퇴원해서 집에 갈 것이니 걱정할 거 없다. 언니도 있고, 오빠도 있는데 너까지 올 필요는 없어. 전화 통화를 마친 천Lee는 다소 안심했다. 당장은 크게 걱정하지 않아도 될 것 같았다. 그러나 일주일, 보름, 한 달, 점점 시간이 흐를수록 찜찜했다. 할머니가 세상을 떠날 때에도 어머니가 연락을 하지 않았다는 사실이 떠올랐다. 결국 어머니가 거짓말을 하고 있다는 생각에 이르렀다. 오빠도 통화를 하면 뭔가 우물거리듯 말하는 게 이상했다. 천Lee는 언니에게 전화를 걸어 이미 다 알고 있는 것처럼 물어보았다.

"간병인이 없는 주말엔 언니가 돌보고 있어?"

언니는 잠시 침묵했다가 대답했다.

"엄마가 알리지 말라고 했는데, 어떻게 알았니?"

"언니가 많이 힘들겠네. 함께하지 못해서 미안해."

언니는 또다시 침묵했다. 그러더니 차갑게 한마디 쏘아붙였다.

"천이 너, 미안한 건 아니?"

천Lee는 충격을 받았다. 언니의 말에는 미처 헤아리지 못했던 뼈가 들어 있었다. 아무리 꼭꼭 씹어 삼키려 해도 소화가 되지 않는 단단한 뼈였다. 처음엔 왜 이러나? 싶었지만 그것은 곧 자책으로 이어졌다. 그림을 그릴 때도, 아이들과 함께 식탁에 앉아 있을 때도, '바람을 향해서' 모임에 나가 성과를 이야기하며 웃고 떠들 때도, 화랑 관계자나 평론가 들과 직업상 교류를할 때도 단단한 뼈는 목에 걸려 천Lee의 숨통을 서서히 조였다. 천Lee는 점점 신경이 날카로워졌다. 별일도 아닌 것에 예민하게 굴었고 과하게 반응했다. 그러다가 어느 날 밤 침대에서, 더 이상 견디지 못하고 컥컥, 울음을 터뜨렸다.

천Lee의 느닷없는 울음에 피제이는 당황했다. 침대에서 내려가 벗었던 팬티를 입고, 셔츠를 입고, 바지를 입었다. 그러곤낭패감이 깃든 얼굴로 천Lee를 내려다보았다. 한동안 묵묵히서 있던 피제이가 물었다.

"왜 그래?"

"신경 쓰지 마."

"내가 싫어졌어?"

"그런 거 아니야."

"차라리 하기 싫다고 하지."

"하기 싫지 않았어."

"그런데 왜 그러냐고?"

"미안해."

"당신은 원하지 않는데, 내가 짐승처럼 군 거 같잖아."

"미안하다고. 너 때문이 아니니까 그만해. 그냥 오르가슴을 느끼는 순간 '이게 다 뭐라고!' 하는 생각이 들면서 울음이 터져 나왔어."

"그러니까 내가 이 상황을 어떻게 받아들여야 하느냐고?"

천Lee는 더 이상 말을 잇지 않았다. 귀찮았다. 이불을 끌어당겨 머리끝까지 뒤집어썼다. 피제이는 잠시 그대로 서서 화를 참고 있다가 방문을 열고 나갔다. 쿵쿵거리며 멀어져가는 피제이의 발소리를 들으며 천Lee는 생각했다. 아무래도 이젠 돌아가야 할 시간이 되었다고.

피제이는 일주일 만에 초췌한 모습으로 돌아왔다. 그리고 천Lee와 속이야기를 나눈 뒤에야 비로소 마음을 풀고 이렇게 말했다. 언제까지 피할 건데? 마침 잘됐어. 어머니도 아프신데 초대전 열면서 한국에 들어가자. 당신이 어머니 곁에서 지낼 수 있는 마지막 기회일 거야. 아이들도 가고 싶어하고, 당신이 원하면 나도 함께 갈게. 천Lee는 피제이의 말이 그동안 했던 자신의 고민에 마침표를 찍어주는 것 같았다. 정말 때로는 단순해질 필요가 있었다. 그러나 천Lee는 피제이에게 함께 가자는 말은 할 수 없었다. 설사 함께 간다고 해도 피제이는 머지않아 다시 뉴욕으로 돌아와야 할 사람이었다. 천Lee는 피제이에게 말했다. 우선 아이들만 데리고 갈게.

먼지처럼

노크 소리에 병실 밖으로 달려나간 한나는 한참 만에야 다시 들어왔다. 그러곤 곧장 천Lee에게 다가와 속삭이듯 말했다. 마치 자신의 말을 잘 알아듣는지 확인하여 천Lee의 상태를 파악하려는 것 같았다. 천Lee는 한나의 말이 띄엄띄엄 들려왔다. 천Lee는 그 이유를 한나가 너무 작은 소리로 말했기 때문이라고 여겼다. 때문에 크게 외쳤다. 뭐라고? 그러나 입 밖으로 나온 천Lee의 목소리는 터무니없이 작고 심하게 떨렸다. 한나가 또박또박 큰 소리로 다시 말했다.

"선생님 언니하고 오빠가 오셨어요. 들어오시라고 할까요?"

천Lee는 고개를 끄덕였다. 그러면서도 자신이 물속에 잠겨 있는 것같이 느껴져 당혹스러웠다. 눈을 감고 심호흡을 했지만 점점 더 의식과 무의식의 중간쯤에서 부유하고 있는 듯한 느낌이 들었다. 천Lee는 그대로 눈을 감은 채 가까이 다가오는 엇

박자의 구둣발 소리를 들었다. 에고, 하는 언니의 한숨 소리도 들었다. 흠흠, 하는 오빠의 기척도 들었다. 그러나 천Lee는 왠지 다시 눈이 떠지지 않았다. 식물인간이 된 것 같았다. 천Lee는 한숨 자고 일어나도 그대로면 어쩌나, 하는 생각에 덜컥 겁이 났다. 엉뚱한 환영이 덮칠 것 같아, 현실에서 완전히 멀어질 것 같아 눈을 뜨지도 못하고 그대로 있었다. 기연가미연가.

"선생님."
한나가 부르는구나.
"잠들었나요?"
언니가 한나에게 묻고 있구나.
"천이야, 자니?"
언니가 나에게 속삭이듯 묻는구나.
"그래, 천이야, 자지 않으면 눈 좀 떠봐. 얼굴 좀 보자."
오빠가 내 손을 잡으며 나를 부르고 있구나.
"많이 안 좋은가요?"
"조금 전에도 눈을 뜨고 계셨는데. 선생님, 주무세요?"
언니가 한나에게 다시 묻고, 한나가 언니에게 다시 대답하고, 또다시 나를 부르는구나. 내가 갑자기 이러니 한나가 난감하겠

구나. 그런데 왜 이렇게 눈꺼풀이 무겁지. 언니, 오빠의 얼굴을
보고 싶은데 왜 이리 마음대로 할 수 없지. 잠깐이라도 눈을 뜰
수 있으면 좋으련만. 천Lee는 오빠가 잡고 있는 손에 힘을 주며
오빠, 하고 불러보았다. 그러자 오빠가 반갑게 말했다. 그래, 천
이야. 오빠 여기 있어. 오빠의 목소리에 천Lee는 힘이 났다. 언
니가 나머지 한쪽 손을 잡고 흔드는 것과 동시에 반짝 눈을 떴다.

거기까지였다.

천Lee의 의식은 더 이상 병실 안에 머무르지 못했다. 언니와
오빠 곁에서 머무르지 못했다. 천Lee는 내가 왜 이러지, 하면
서 다시 스르륵 눈이 감겼고 엉뚱한 곳으로 흘러들어가 우뚝 서
있는 자신을 발견했다. 작업실이었다. 한쪽 벽으로 크고 작은
캔버스들이 겹겹이 세워져 있고, 기역자로 이어진 회벽으론 명
도가 높은 컬러 선반이 일정하게 줄지어 걸려 있는 가장 익숙한
곳. 천Lee는 늘 그랬던 것처럼 그 한가운데 놓인 붉은 소파로
천천히 다가갔다. 명도가 높은 컬러 선반을 뒤로하고 소파 위에
앉았다. 그때, 출입문을 열고 여느 때처럼 한나가 들어왔다. 천
Lee는 기시감이 일었다. 그 기시감은 의식과 무의식 사이에서

부유하고 있는 천Lee를 더욱 혼란스럽게 했다. 어느 한순간 천Lee로 하여금 자신의 현실을 재구성하게 만들었다. 소파에 앉을 때까지만 해도 천Lee는 자신이 꿈을 꾸고 있는 거라고 인식하고 있었다. 그러나 한나가 등장하면서 모든 것은 뒤죽박죽되었고, 오히려 꿈이 현실로 인식되기 시작했다. 어쨌든 손에 그림 한 장을 들고 들어온 한나는 밝게 웃으며 말했다.

"선생님, 창고에서 그림 찾았어요."

천Lee는 무슨 그림? 하는 생각이 들었다. 한나를 멍하니 쳐다보았다. 한나가 그림을 천Lee 쪽으로 돌려 보이며 다시 말했다. '숲'이요. 이거 찾아오라고 하셨잖아요. 천Lee는 그제야 아하! 하고 그림을 들여다보았다. 그런데 기분이 묘했다. 막상 그림을 보자 별 감흥이 없었다. 그림을 찾아오라고 한 이유도 절절하게 떠오르지 않았다. 그저 백이 그림 속에서 허허허, 하고 특유의 웃음소리를 내며 걸어나왔으면 좋겠다는 생각만 들었다. 천Lee는 입을 크게 벌리고 백의 웃음소리를 흉내 내어보았다. 허허허, 허허허. 한나가 풋, 따라서 웃음을 터뜨렸다. 그러곤 저쪽에 기대놓을까요? 하고 얼굴을 조금 돌려 맞은편 벽을 가리켰다. 천Lee는 입 모양을 여전히 허허허, 하며 고개를 끄덕였다. 그러면서 작업실 안을 둘러보았다. 어쩌면 백이 나타날 수도 있었다. 허허실실 그 특유의 모습으로.

그런데 백 대신 백이 보내준 것 같은 '엉겅퀴꽃' 그림이 벽에 걸려 있었다. 천Lee는 생각했다. 저 '엉겅퀴꽃'은 병실에 걸어 놓았는데 왜 여기에 걸려 있지? 한나에게 물어봐야 할 것 같았다. 그러나 방금 전까지 옆에 있던 한나가 사라지고 보이지 않았다. 대신 아버지가 어디선가 소리 없이 나타나 '숲' 그림 속으로 유령처럼 걸어들어갔다. 곧이어 어머니도 나타나 아버지를 따라 들어갔다. 천Lee는 엄마! 하고 유유히 사라지는 어머니를 불렀다. 어머니는 천Lee를 돌아보지 않았다. 천Lee는 눈앞의 상황을 혼자 감당하기에 벅찼다. 한나! 하고 외치며 소파에서 벌떡 일어났다.

그때, 벽에 걸려 있던 그림 속의 하얀 '엉겅퀴꽃'이 잿빛으로 변했다. 그러곤 바람에 날리듯 꽃잎이 하나하나 떨어져내려 천Lee의 주변을 맴돌았다. 이내 잿빛 가루가 되어 눈보라처럼 실내 가득 흩날리다가 어머니가 사라진 '숲'의 한 지점으로 빨려

들어갔다. 그 순간 천Lee는 몸이 점점 가벼워지는 느낌이 들었
다. 공중으로 떠오르는 것 같기도 했고, 다리 아래쪽이 허전한
것 같기도 했다. 천Lee는 퍼뜩 놀라 아래를 내려다보았다. 무
릎 밑으로 형체가 보이지 않았다. 잿빛 가루만 먼지처럼 휘날리
고 있었다. 온몸에 구멍이 뚫려 바람이 숭숭 통하는 느낌. 이게
죽음이라는 거구나! 천Lee는 어찌할 바를 모르고 큰 소리로 외
쳤다. 한나! 목소리가 나오지 않았다. 천Lee는 더 힘껏 한나를
불렀다. 아직은 죽을 수 없었다. 할 일이 남아 있었다.

  "한나!"

  이제 정신이 드세요? 한나가 아닌 간호사가 어린아이를 다루
듯 머리를 쓰다듬으며 물었다. 천Lee는 잠시 눈도 깜박이지 않
고 그대로 멈춰 있었다. 그러다가 컥, 하고 멈췄던 숨을 한꺼번
에 내쉬며 간호사의 손을 꼭 움켜잡았다. 산소호흡기가 씌워져
있었다. 천Lee는 자신이 중환자실에 있는 걸 서서히 알아차리
며 비로소 현실감각을 되찾기 시작했다.

윤후명, 엉겅퀴 8. 캔버스에 혼합재료 53×45.5cm 2010

말이 없는 말

사흘 만에 기적처럼 깨어났는데도, 바로 그다음 날 정말 기적처럼 산소호흡기를 떼고 다시 병실로 올라왔는데도 한나의 표정은 좋지 않았다. 잘 웃지도 않고, 숨소리조차 크게 내지 않으며 천Lee를 정말 아기 다루듯 했다. 천Lee가 눈을 감고 있으면 수시로 다가와 얼굴 가까이 귀를 대보았고, 천Lee가 눈을 뜨고 왜? 하는 표정을 지으면 손가락을 두 개나 세 개씩 펼쳐 흔들어 보였다. 의사들처럼 손가락이 몇 개인지 묻는 것으로 정신이 올바른지 체크하는 거였다. 처음엔 두 개, 세 개 하고 착실하게 대답하던 천Lee는 상태가 다시 좋아지면서 안 가르쳐주지, 하고 농담을 했다. 잠도 자지 않고 천Lee를 보살피던 한나는 그제야 안심을 하고 잠깐씩 눈을 붙였다.

한나는 칠 년이나 천Lee의 곁에 있었다. 천Lee는 초대전을 준비하면서 한나에게 비서를 구해달라고 부탁을 했었다. 그런데 한나가 반색을 하며 나선 것이었다. 천Lee는 설마 하는 마음으로 한나에게 물었다.

"큐레이터로 어느 정도 자리를 잡은 사람이 왜?"

"사실 일을 그만두려던 참이거든요. 더 이상 희망이 없다는 생각이 들어서요. 우리나라는 아직 아닌 거 같아요. 하는 일에 비해 보상이 너무 약해도 열정 하나로 매달려왔는데, 그조차 회의가 생기네요."

천Lee는 마농을 떠올리며 말했다.

"그래요? 나는 큐레이터가 돈도 잘 벌고 직업에 대한 자기 만족도도 상당히 높은 직업이라고 생각하고 있었는데, 한국에서는 사정이 다르군요?"

"단순히 생계의 수단으로만 생각하면 할 수가 없어요. 인턴 때는 무급이고, 사원이 돼도 대부분 교통비와 식비만 나와요. 경력자들도 최저 임금에 못 미치는 경우가 많죠."

"그래도 한나 씨는 페이가 높지 않아요?"

"저는 그런대로 나쁘지 않아요. 하지만 일이 한계에 부딪히다 보니 절망스럽네요."

"일이 힘들어요?"

"생활패턴이 불규칙한 것도, 밤샘작업이 빈번한 것도, 직접 망치질을 하는 것도 다 괜찮아요. 문제는 아무리 열심히 지식을 쌓고, 창의성과 추진력을 갖추려고 노력을 하고, 작가들과 원활하게 커뮤니케이션을 할 수 있는 능력을 갖춰도 실상 우리 현실은 그걸 발휘할 여건이 아니라는 거예요. 그냥 단순 노동자에 가깝다고 해도 과언이 아니에요. 그런데도 꼭 석사 이상의 학력은 요구하고 있지요."

천Lee는 조금 더 날카로운 질문을 던져보았다.

"어디나 다 그런 어려움이 있는 건 아닐까요?"

"선생님, 저는 100퍼센트의 만족도를 바라는 게 아니라 50퍼센트라도 되면 좋겠다는 생각이에요. 그게 아니니 절망스럽고 회의가 오는 것 같아요. 그래서 천Lee 선생님 작품을 마지막으로 사표를 낼 생각이었어요. 이번에 선생님 작품세계를 깊이 있게 파고들면서 더 그런 생각을 굳혔고요. 어쨌든 당분간 여행이나 하면서 인생의 전환점이 되는 계기를 마련하고 싶었어요. 아무리 힘들어도 다시 그림을 그리든지, 뉴욕에서 큐레이터 공부를 더 하면서 미국 내에서의 활동을 모색해보든지."

"아, 그랬군요. 그런데 한나 씨도 그림을 그렸어요?"

"네, 선생님. 저도 서양화를 전공했어요."

그 지점에서 천Lee는 한나를 채용하기로 결정을 내렸다. 천Lee는 초대전을 치르면서 한나가 실력과 성품을 갖춘 훌륭한

재원이라는 것을 파악한 터였다. 이제 한나의 고민을 듣고 보니 그림을 그린다면 그 또한 도와주고 싶은 마음이 생겼다. 함께 그림 작업을 하면서 친구처럼 오래갈 수 있는 사이가 되었으면 좋겠다는 생각도 들었다. 그래도 천Lee는 확인하듯 다시 물었다.

"외국에 나가 있는 시간이 많고, 거의 사생활을 갖지 못할 텐데 그래도 되겠어요?"

한나는 눈을 반짝이며 대답했다.

"그 정도의 연봉에 선생님 같은 분과 함께하는 것 자체가 저에겐 행운이에요."

"가족들도 거의 볼 수 없을 거예요."

"그 부분은 염려하지 않으셔도 돼요."

"부모님과 함께 살지 않아요?"

한나는 잠시 생각에 잠겨 있다가 조심스레 자신의 이야기를 꺼냈다.

"선생님, 저는 태어날 때부터 엄마와 단둘이었어요. 그리고 제가 중학생이 되자 엄마가 결혼을 했고, 저는 따라가지 않았어요. 아니, 솔직히 말해서 따라가고 싶었는데 그러지 못했어요. 처음엔 좋은 아빠가 되어주겠다던 남자가 결혼식 전날 저를 불러내 피자를 사주면서 딴소리를 하는 거예요. 자기네 부모님이 어쩌고 하면서 말을 빙빙 돌렸지요. 저는 그가 무슨 말을 하려는지 단번에 알아들었어요. 신혼여행에서 돌아온 엄마에게 말했죠. 엄마를 따라가고 싶지 않다고. 엄마는 아무것도 모르면서 울고불고 매달리다가 결국 천하에 나쁜 년! 이라고 화를 내며 제 곁을 떠났어요. 저는 그때부터 쭉 혼자 살았어요. 지금은 가족이 없는 거나 마찬가지예요. 그래서 선생님 댁에서 가족과 함께 지내야 한다는 조건이 저는 무엇보다 마음에 들었어요."

한나는 말을 하면서 점점 더 목이 메어갔다. 천Lee의 집에서 가족과 함께 지내야 한다는 조건이 가장 마음에 들었다는 이야기를 할 때는 목소리가 마구 떨리며 울먹거렸다. 그런 한나를 보고 있는 천Lee도 울컥 목이 메었다. 마음도 아팠다. 엄격히 말하면 자신의 아들도 한나처럼 미혼모의 자식이었다. 만약 자신의 아들이 다른 사람 앞에서 이런 이야기를 하고 있는 처지였다면 어땠을까, 하는 생각을 하자 가슴이 미어졌다. 측은함에 눈물이 절로 흘렀다. 천Lee는 크게 한숨을 내쉬면서 에고, 하고 눈시울이 젖은 한나를 바라보았다. 한나도 고개를 들어 눈물이 맺힌 천Lee를 바라보았다. 그렇게 두 사람은 침묵한 채 서로의 눈을 들여다보았다. 예전에 마농과 그랬던 것처럼 말이 없

는 말로 서로의 마음을 어루만지고 보듬고 약속을 했다. 천Lee
는 한나의 가족이 되어 행복하게 해주겠다고, 한나는 천Lee의
손발이 되어 최고의 그림을 그릴 수 있도록 돕겠다고.

역시 한나는 최고였다. 단 한 번도 천Lee를 실망시키지 않았
다. 천Lee는 한나 덕분에 특별한 경우가 아니면 그림만 그릴
수 있었다. 한나는 자신의 일이 아닌데도 아이들을 돌보았다.
한국으로 들어오면서 피제이와 헤어진 것을 가장 힘들어하던
아이들도 한나에게 많은 의지를 했다. 이모라고 부르며 가족처
럼 대했다. 한나에게 하나하나 물어가며 한국 생활에 적응을 해
나갔다. 피제이에게 그랬듯이 엄마인 천Lee보다 한나에게 더
속마음을 이야기했다. 천Lee는 하루에도 몇 번씩 한나에게 고
마움을 느꼈다.

어느덧 한나는 천Lee의 살림까지 도맡아하기 시작했다. 물
론 천Lee의 성화에 빨래나 청소 등 허드렛일을 하는 사람은 따
로 불렀지만 가능한 한 직접 밥을 차리고, 가전제품이나 가구도
이것저것 따져보며 직접 구입을 했다. 낡은 커튼도 새로 달고,
심지어 이사를 할 때도 천Lee 대신 집을 보러 다녔다. 처음엔

천Lee에게 일일이 허락을 받고 했지만, 천Lee가 다 믿고 맡기자 모든 것을 과하지 않게 알아서 했다. 천Lee는 열심히 그림을 그리다가도 한 번씩 한나를 쳐다보며 중얼거렸다. 내가 인복은 있는 거 같긴 해.

맨발

그러던 어느 따뜻한 봄날이었다. 모처럼 여유가 생긴 천Lee는 커피를 들고 정원으로 나갔다. 곧이어 활짝 웃었다. 그 얼마 전, 한 카페에 설치된 정원그네를 보며 이런 게 있으면 참 좋겠다고 혼잣말을 했는데, 바로 그 그네가 정원 한쪽에 놓여 있는 것이었다. 한나의 센스였다. 천Lee는 기분이 좋아 집 안을 향해 소리쳤다.

"한나! 어딨어?"

한나가 네, 하고 뛰어와 거실 창으로 얼굴을 쏙 내밀었다. 천Lee가 그네를 가리키며 말했다.

"우리 둘이 나란히 앉아서 커피 한잔 하자!"

네, 하고 들어간 한나가 잠시 뒤 커피잔을 손에 들고 나왔다. 그러곤 신이 난 어린아이처럼 천Lee 옆에 앉았다. 천Lee는 한나와 함께 햇볕을 쬐며 그네를 타고 있는 그 자체가 행복했다. 신고 있던 양말을 벗어 한쪽으로 놓았다. 따뜻한 볕이 맨발에 닿자 더욱 행복했다. 한나도 양말을 벗고 천Lee처럼 맨발이 되었다. 천Lee는 햇살 아래 나란히 놓인 자신의 발과 한나의 발을 내려다보고 말했다.

"한나, 참 행복하다, 그치?"

한나가 두 사람의 발 위를 손가락으로 동그랗게 가리키며 말했다.

"네, 이 그림을 평생 잊지 못할 거예요."

"그림?"

"네."

"맞아, 그림이 뭐겠어. 이게 바로 그림이지."

천Lee는 커피를 한 모금 마시며 다시 말했다.

"한나, 그림 그리고 싶다고 하지 않았어?"

웬일인지 한나는 고개를 절레절레 흔들며 웃기만 했다. 천Lee는 다시 말했다.

"내가 도와줄 테니까 이제 시작해보도록 해."

한나는 대답을 피하며 계속 웃기만 했다. 천Lee도 따라서 웃음이 나왔다.

"왜 그래? 왜 자꾸 웃기만 하는 거야?"

한나는 몇 번이고 머뭇거리다가 대답했다.

"제가 진짜 원하는 것은 따로 있었어요."

"그래? 그게 뭔데?"

"나중에 말씀드릴게요."

"왜?"

"그냥요."

"싱겁긴. 혹시 결혼이라도 하려는 거야?"

"그건 아니고요."

천Lee는 점점 더 궁금했다. 어서 말하라고 한나의 옆구리를 간지럽혔다. 한나가 깔깔깔 웃으며, 그 웃음에 멋쩍음을 실어 아이참! 하듯 말했다.

"가족이요."

천Lee는 잠시 할 말을 잃었다. 한나가 다시 말을 이었다.

"저는 선생님의 가족이 된 게 정말 행복해요."

천Lee는 가슴이 뭉클했다. 한나의 손을 꼭 잡고 속삭이듯 물었다.

"나중에 후회하지 않겠어?"

"나중에 그림이 그리고 싶어지면 선생님께 말씀드릴게요."

"그래, 그렇게 하자."

한나는 다 식은 커피를 물 마시듯 한꺼번에 마시고 멋쩍게 피식, 웃었다. 천Lee도 따라 웃었다. 잠시 뒤 한나가 화제를 돌렸다.

"선생님도 한국에 오신 뒤로 마음이 편안하시죠?"

"맞아, 돌아오길 잘했어. 한나의 도움이 컸지."

"다 선생님의 어머님 덕분이지요, 뭐."

"그것도 틀린 말은 아니지."

"어머님 덕분에 그림도 많이 달라지셨잖아요."

꽃 · 새 · 섬

그랬다. 어머니가 죽음에 이르기까지의 과정을 곁에서 지켜보면서 천Lee는 많이 변했다. 그림에도 많은 변화가 있었다. 그 변화를 평론가들이 먼저 감지했다. 천Lee가 파리에서 한창 활동하던 시기에, 파리에서 공부를 했다는 한 미술평론가는 그 사실을 이렇게 썼다. 천Lee의 화풍은 어머니의 죽음을 기로로

크게 나뉜다. 물론 세세하게 구분하자면 파리 체류 시절과 뉴욕
에서의 활동 시기와도 차이는 있다. 그러나 어머니의 죽음 이전
의 작품들이 현실의 이미지를 언어의 기호처럼 집약적으로 압
축시키며 그 이면을 드러내는 작업이었다면, 어머니의 죽음 이
후 작품들은 주로 자연을 테마로 하고 있다. 쉬르리얼리즘의 암
시적 이미지로 발현된 자연이 성숙의 강, 잉태, 메아리, 사랑,
어머니 등의 구체적인 제목을 달고 있다.

천Lee는 여성 잡지에 난 이 글을 읽으면서 몇 번이나 혀를 찼
었다. 한국의 평론가들은 왜 이렇게 글을 어렵게 쓰느냐고, 이
게 무슨 말인지 누가 알아듣겠느냐고. 그래도 그 때문에 사람들
은 천Lee를 예전보다 더욱 자연주의자로 여겼고, '영혼을 울리
는 여인'이라고 칭하며 거북할 정도로 존경심을 드러냈다. 그뿐
이 아니었다. 어머니가 죽고 그린 작품들은 하나같이 그 작업
과정의 스토리까지 더해져 그림 값이 터무니없이 올랐다. 천
Lee는 그런 현상이 뭔지 잘 알고 있었다. 파리에서도 경험한 바
였다. 일정 궤도에 오르면 저절로 굴러가는 것. 소위 말해 이름
값이 그림 값이 되는 거였다. 물론 일정 궤도에 오른다는 것이
얼마나 고통스럽고 어려운 일인지, 얼마나 희생이 따라야 하는

지 잘 알고 있기에 천Lee는 그것을 부정적으로만 여기지는 않았다. 문제는 제대로 되지 못한 작가가 다른 논리에 의해 이름값이 생기는 거였다. 제대로 된 작가라면 이름값을 하게 되어 있었다.

그것이 비록 소품이라 할지라도.

천Lee에게도 인터뷰 과정에 우연히 소개된 그런 소품 하나가 있었다. 어머니의 발인이 있는 날 새벽, 일기를 쓰듯 문학잡지 위에다 아크릴 물감으로 낙서하듯 그린 그림이었다. 나중에 '꽃·새·섬' 이라는 제목을 붙였는데 섬에 관한 텔레비전 다큐에 얼핏 소개되면서 유명세를 탔다. 때문에 그림은 천Lee의 트레이드마크처럼 거론되었고, 천Lee의 이미지를 더욱 긍정적으로 부각시키는 역할을 했다. 사실, 천Lee에게는 더 크고 근사한 작품들이 많이 있었다. 그런데도 이 소박한 그림이 자신의 대표작처럼 보이는 게 싫지 않았다. 이 그림을 그리고 나서야 어머니의 죽음을 받아들일 수 있었고, 마지막으로 새의 눈에 푸른 물감을 찍는 것으로 더 이상 눈물을 흘리지 않았던 것이다.

윤후명, 꽃·새·섬. 책 표지 인쇄지에 아크릴릭 52.5×37cm 2011

그림에는 역시 엉겅퀴꽃이 있었다. 붉은 엉겅퀴꽃, 그 아래 하얀 새 한 마리, 그리고 또 그 아래 숲을 품고 있는 섬. 천Lee 는 붉은 엉겅퀴꽃에 어머니를 담아넣었고, 하얀 새 한 마리에 자신의 마음을 담아넣었다. 무덤처럼 그려진 섬에는 백의 허허한 웃음이 들어 있는 자신의 그림 '숲'을, 아니 '탈피의 숲'을 압축하여 집어넣었다. 그렇게 그림을 완성시킨 천Lee는 어머니의 초혼제를 치르듯 중얼거렸었다. 그것이 무엇이든, 생명은 생(生)하고 사(死)한다. 끊임없이 생성을 반복한다. +극과 −극처럼 자리가 바뀐다. 높이 치솟았다가 추락하기도 하며 밝았다가 어두워지기도 한다. 단단했다가 연해지고 커졌다가 작아진다. 따뜻해지기도 하고 차가워지기도 한다. 때론 빠르게, 때론 더디게 흐른다. 움직이다가도 조용해지며, 밀고, 끌고, 잡아당긴다. 앞뒤가 바뀌고, 들어왔다 나간다. 처음부터 주(主)가 객(客)이 되는 무한한 탈바꿈이다. 그러니 어머니도 이제는 자리를 비워주고 떠나는 것일 뿐이다. 그러니 나도 이제 어머니를 떠나보내야 한다.

평온하게

아침 일찍 아들과 딸아이 해미가 병실 문을 열고 들어왔다. 천Lee가 중환자실에서 올라온 뒤부터 아들과 딸은 하루에도 몇 번씩 천Lee를 보러 왔다. 해미는 매일 밤 울면서 잠이 든 듯 늘 눈이 부어 있었다. 아들 역시 그늘이 드리워져 있었다. 천Lee는 그런 아들과 딸에게 처음 병원에 들어왔을 때와 똑같은 말을 했다.

"그러지 마. 나는 최선의 선택을 했고, 이젠 아무것도 두렵지 않아. 그러니 내 걱정은 할 거 없어. 슬퍼하지도 말라고."

이번엔 거짓말이 아닌 진심이었다. 그것이 진심임을 느낀 듯 아들이 성숙하게 대답했다.

"엄마, 우리 걱정은 하지 마세요. 엄마가 이번에 다시 중환자 실로 들어갔을 때, 이제 마음의 준비를 하라는 의사의 말을 듣고 간절히 기도했어요. 마지막이어도 좋으니 한 번만 깨어나게 해달라고. 엄마에게 할 말을 못했거든요."

그때, 해미와 한나가 훌쩍이기 시작했다. 아들도 눈물을 뚝뚝 흘리며, 그러나 하얗게 미소를 지으며 말을 이었다.

"엄마, 사랑해요. 엄마의 인생은 당당하고 멋졌어요. 엄마는 누구보다 영원한 화가예요. 나와 해미는 엄마가 내 엄마인 것이 자랑스러워요. 그러니 우리 걱정은 하지 마세요."

천Lee는 아들과 해미를 끌어안았다. 한나에게도 손을 뻗쳐 하나가 되게 끌어안았다. 동그라미가 되게.

천Lee는 생각보다 정신이 맑았다. 옆구리의 통증도 덜했다. 패치를 붙이고 있으면 거의 통증을 못 느꼈다. 반면에 한나는 많이 피곤한 모양이었다. 쪽잠을 자면서도 손을 바르르 떨거나 간간이 외마디 소리를 질렀다. 천Lee는 한나가 깨지 않도록 조용히 숨을 죽이고 있었다. 그래도 한나는 새벽 다섯 시가 되자 정확히 눈을 떴다. 부지런히 일어나 천Lee의 소변통을 비우고, 천Lee의 몸을 닦아주었다. 한나의 손길에 따라 팔을 들어올리며 천Lee는 중얼거렸다.

"한나, 미안해. 그리고 고마워."

한나가 잠시 손길을 멈추고 울먹한 소리로 농담처럼 대꾸했다.

"가족끼리 뭐 그런 말씀을."

"그래, 맞아. 우린 가족이지. 그래도 고마워."

"제가 더 고마워요. 선생님과 함께한 지난 칠 년이 제 생애 가장 행복했던 시간인 거 잘 아시잖아요."

"그래도 내가 나빠. 한나에게 짐을 지우고 가게 되다니."

천Lee의 말이 끝나기도 전에 한나가 화장실로 달려갔다. 물을 틀어놓고 있다가 한참 만에 돌아왔다. 천Lee는 두 눈이 벌겋게 부어 있는 한나를 보며 중얼거렸다.

"이제 울보가 됐네."

그러자 한나가 뭔가 툭, 터지듯 다시 눈물을 쏟아냈다. 곧이어 엉엉 소리까지 내며 침대 위에 얼굴을 묻었다. 천Lee는 손을 들어올려 한나의 머리를 쓰다듬으며 말했다.

"미안하다. 정말 미안해."

누구보다 이성적으로 의연하게 버텨오던 한나였다. 그런 한나가 어린아이처럼 울음을 터뜨리다니, 천Lee는 흩어져 있던 많은 생각들이 어렴풋이 정리되었다. 더 이상 한나를 비롯해 아들과 딸을, 피제이와 백을, 오빠와 언니 등 가까운 사람들을 마음 아프게 하면 안 될 것 같았다. 이제 점점 더 천Lee 자신을 비롯하여 모두가 고통스러운 하루하루를 맞게 될 것이었다. 그러면 안 되는 일이었다. 천Lee는 머지않아 다가올 죽음을 잘 맞이할 방법을 찾아야 했다.

영원한 그림

생각이 거기에 이르자 천Lee는 자신이 병원에 처음 실려올 때와 많이 달라진 걸 알 수 있어 기분이 좋았다. 왜 하필이면 나야? 하고 하늘을 향해 쏟아냈던 원망도, 아무렇지도 않다고 거짓말을 하면서 혼자 눈물 흘렸던 절망도 오래전의 일 같았다. 오히려 한나를 위로하고 있는 자신이 대견스러웠고, 성숙한 모습을 보이고 있는 아들과 딸도 대견스러웠다. 천Lee는 마음이 한결 평온해지는 걸 느끼며 스스로에게 말했다. 이제는 남은 시간을 어떻게 보내야 할지 결정을 할 시간이다. 그러자 어디선가 그래도 날자꾸나! 하는 새의 말소리가 들려오는 것 같았다.

한동안 침묵이 이어졌다. 이런저런 생각에 잠겨 있던 천Lee는 바람을 쐬듯 벽에 걸려 있는 '엉겅퀴꽃' 그림을 올려다보았다. 자연스레 백이 떠올랐고, 백의 웃음소리도 떠올랐다. 허허허. 천Lee는 꿈속에서처럼 소리를 내지 않고 허허허, 하고 입 모양을 지어보았다. 그러다가 번쩍, '숲'을 그릴 당시에 백을 떠올리며 메모해놓았던 문장들을 기억 속에서 끄집어냈다. 인간에게 있어 허가 철학적으로 작용하려면 두 가지 계기와 맞물려

윤후명, 새의 말을 듣다 3. 캔버스에 아크릴릭 53×45.5cm 2008

야 한다. 첫째는 무엇이 진짜이고, 무엇이 가짜인가 하는 물음을 가져야 한다. 그렇게 진짜와 가짜가 밝혀지면 두 번째로 그것을 어떻게 처리해야 하는가에 대한 물음을 가져야 한다. 그럴 때 허(虛)는 늘 함께하는 상대가 있다는 것을 잊어서는 안 된다. 그건 실(實)이다. 바로 여기에 허허실실(虛虛實實)의 개념이 맞닿아 있는 것이다. 단지 '비워라'가 아니라 비움과 채움으로 인한 되돌아옴의 관계!

천Lee는 뭔가 확연해지는 느낌이었다.

한나! 마침내 떨림 없는 천Lee의 목소리가 병실 안을 크게 울렸다. 창밖을 바라보고 서 있던 한나가 깜짝 놀라 뒤돌아보았다. 천Lee는 허허실실 웃으며 한나를 바라보았다. 그러나 한나는 이제 어쩌면 좋아? 정신이 어떻게 되셨나? 하는 표정을 지었다. 천Lee는 아랑곳하지 않고 자신의 생각을 말했다. 한나, 당장 퇴원해야겠어. 집으로 돌아가 사람들을 초대해서 파티를 열 거야. 한나가 거의 울상이 되어 선생님! 하고 불렀다. 천Lee는 손을 저어 한나를 제지하고 계속 말했다. 아니, 내 말 좀 먼저 들어봐. 한나, 내가 살면 얼마나 살겠어. 이곳에 있어도 크게 달라질 건 없어. 오히려 정해진 수순을 밟으며 죽느라 고통스럽기만 할 거야. 그걸 보는 한나와 아이들도 얼마나 고통스럽겠어? 이번에도 깨어나지 않았으면 가슴과 옆구리를 뚫어 음식을 넣고 받아내려고 했다면서? 나는 그렇게까지 살고 싶지는 않아. 이제 남은 시간 동안 그림을 그리면서 내 삶을 잘 정리할 거야. 그게 아마 가장 평온하게 죽음을 맞이하는 방법일 거야. 한나, 내가 무슨 말을 하는지 알아듣는 거지? 나는 화가잖아.

퇴원 수속을 마치고 돌아온 한나가 물었다. 선생님, 정말 파티를 하실 거예요? 천Lee가 대답했다. 그럼, 송별파티를 해야지. 백도 초대하고, 피제이도 초대하고, 마농도 초대하고, 언니 오빠도, 그 조카들도 다 초대할 거야. 그래서 나 때문에 그들의 마음속에 생긴 걱정과 슬픔을 다 덜어내줄 거야. 아, 생각만 해도 기분이 좋아지네. 들어봐, 초대장에는 이렇게 쓰려고 해. 친애하는 누구 씨, 저는 담도암에 걸려 더 이상의 생(生)이 불가능한 상태입니다. 이제 곧 제가 있던 자리를 비워주고 이 세상을 떠나려고 합니다. 아니, 영원한 화가의 모습으로 평온하게 죽음을 맞이할 것입니다. 직접 찾아뵙고 작별인사를 드려야 하는데 몸이 말을 듣지 않는군요. 그동안 고마웠다는 인사도 올릴 겸 송별파티를

윤후명, 엉겅퀴 24. 나무판에 아크릴릭 81×40cm 2009

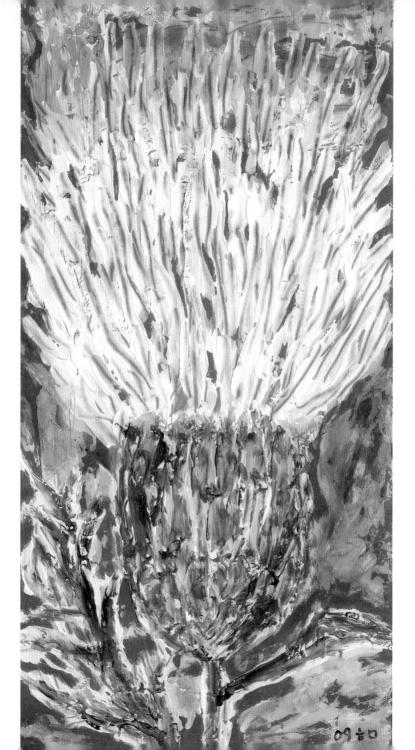

열려고 합니다. 부디 오셔서 저의 마지막 가는 길을 환하게 밝혀 주시기 바랍니다. 또한 제가 떠난 자리에서 '그래도 날자꾸나!' 하고 새로운 시작을 해야 하는 저의 사랑하는 가족, 아들과 딸 그리고 사랑하는 한나에게 큰 축복을 내려주시기 바랍니다.

《엉겅퀴 칸타타》에는 이제 겨우 49세에 죽음을 맞이하는 세계적으로 유명한 화가 '쳔Lee'라는 여자의 일생이 담겨 있다. '쳔Lee'의 틀을 깬 사랑과 죽음이 스무 편의 그림에 반추되어 있다. 그림 속 꽃의 말을, 새의 말을 따라 굽이쳐 흐르며 결국 평온에 이르고 있다. 이 책이 후회 없는 삶을 원하는 이들에게 조금이나마 도움이 되기를 바라는 것이 무리일까? 또한 이 책이 죽음을 앞둔 이들의 손을 잠시라도 잡아줄 수 있기를 바라는 것이 무리일까?

휘황한 나비 한 마리가 날아오른다. 팔랑거리는 나비의 눈부신 날갯짓에 색색의 꽃들이 잠에서 깨어난다. 꽃들은 어깨를 털고, 기지개를 켜고, 고개를 까닥이며 나비를 향해 쫑긋거린다. 제멋에 겨워 움직인다. 눈웃음을 친다. 교태를 부린다. 하얀 꽃망울을 벌리고, 노란 꽃망울을 벌리고, 빨간 꽃망울을 벌리고, 파란 꽃망울을 벌리고 무수히 발정한다. 생명을 알리는 춤사위! 그러나 이제 곧 시간이 저물면 꽃은 지고 나비의 날갯짓도 사라질 터이다.

사랑과 죽음! 이미 단상에 올라온 축제.

2015년 5월 이평재

엉겅퀴 칸타타

초판 1쇄 발행 2015년 6월 12일

지은이   이평재
그린이   윤후명
펴낸이   윤혜준
편집장   구본근
책임편집   김정은
디자인   오필민디자인

펴낸곳   도서출판 폭스코너
출판등록   제2015-000059호(2015년 3월 11일)
주소   서울시 마포구 성미산로16길 32 2층(우 121-846)
전화   02-3291-3397
팩스   02-3291-3338
이메일   foxcorner15@naver.com
페이스북   www.facebook.com/foxcorner15

종이 · 일문지업(주) 인쇄 · 대신문화사 제본 · 국일문화사

ⓒ 이평재 · 윤후명, 2015
ISBN 979-11-955235-0-4 03810

* 이 도서의 국립중앙도서관 출판예정도서목록(CIP)은 서지정보유통지원시스템 홈페이지
  (http://seoji.nl.go.kr)와 국가자료공동목록시스템(http://www.nl.go.kr/kolisnet)에서
  이용하실 수 있습니다. (CIP제어번호 : CIP2015013934)